João Ubaldo Ribeiro

ALFAGUARA

Noites lebloninas

ALFAGUARA

Copyright © 2014 by Ribeiro Sociedade Civil Ltda.
Todos os direitos desta edição reservados à
Editora Objetiva Ltda., rua Cosme Velho, 103
Rio de Janeiro – RJ – CEP: 22241-090
Tel.: (21) 2199-7824 – Fax: (21) 2199-7825
www.objetiva.com.br

Capa
Retina_78

Foto do autor
Léo Pinheiro / Valor / Agência O Globo

Revisão
Raquel Correa
Rita Godoy

Editoração eletrônica
Abreu's System Ltda.

1ª edição

CIP-BRASIL. CATALOGAÇÃO NA PUBLICAÇÃO
SINDICATO NACIONAL DOS EDITORES DE LIVROS, RJ

R369n

    Ribeiro, João Ubaldo
        Noites lebloninas / João Ubaldo Ribeiro. – 1. ed. – Rio de Janeiro: Objetiva, 2014.

        103p.   ISBN 978-85-7962-344-8

        1. Conto brasileiro. I. Título.

14-15045   CDD: 869.98
                                CDU: 821.134.3(81)-8

Sumário

As mil e uma noites de João Ubaldo,
Geraldo Carneiro   7

Noites lebloninas
Noites lebloninas   25
O cachorro Falafina e seu dono Dagoberto   71

Sobre o autor   101

As mil e uma noites de João Ubaldo

O Leblon é uma invenção recente. O nome, como se sabe, é controverso. Pode ter se originado a partir do nome de certo francês chamado Charles Le Blon, proprietário de terras que se estendiam desde a atual rua Bartolomeu Mitre até o antigo Hotel Leblon, no limiar da avenida Niemeyer. Pode ser derivado da cor dos cabelos do francês, *le blond*: o louro. Ou pode ser uma ressonância tardia e obscura das muitas tentativas de invasão gaulesa, para fundar aqui a França Antártica.

Mais de duzentos anos depois da visita do penúltimo pirata francês, João Ubaldo Ribeiro sonhou suas *Noites lebloninas*. Tinha autoridade para acalentar o seu sonho. Além de ser um dos maiores escritores do Brasil, morava havia vinte anos no Leblon, escrevera e publicara centenas de crônicas ambientadas na área, e mantinha relações de afeto com os donos, funcionários e frequentadores de farmácias, lojas diversas, bancas de jornal e, sobretudo, dos bares do bairro, nos quais era tão festejado e aclamado como Olavo Bilac na Confeitaria Colombo, no princípio do século passado. Em matéria de Leblon, João Ubaldo era herói, celebridade e destaque de luxo, como se diz na linguagem das escolas de samba.

Sua ideia inicial era trazer para *Noites lebloninas* o espírito jocoso do escritor americano Damon Runyon. Pouco conhecido no Brasil, Runyon foi colunista de baseball dos jornais de William Randolph Hearst, que se tornaria eterno quando transfigurado no *Cidadão Kane*, de Orson Welles. Runyon criou uma notável galeria de personagens da Nova York marginal dos anos da Depressão, depois celebrizados pelo cinema num filme chamado *Guys and Dolls*. Do ponto de vista literário, Runyon não apenas inventou a Broadway mítica dos malandros, mas se tornou singular por seus contos narrados no tempo presente. O que retrata com precisão a urgência e a instabilidade do mundo da malandragem, em que o passado é nebuloso e o futuro, improvável.

De posse dessa influência — desejada — e de sua vivência no Leblon, nada mais natural que João Ubaldo escrevesse uma ficção passada no bairro. Seria o Luís de Camões perfeito para realizar esse projeto de epopeia lírico-burlesca.

Sabia, porém, dos riscos da aventura. Não queria meramente reproduzir o bairro como cenário para as peripécias de seus futuros personagens. Queria que estes encarnassem não apenas o espírito, mas a fala peculiar dos cariocas.

Talvez a preocupação decorresse de sua grande capacidade de apreender e reinventar a oralidade. De *Sargento Getúlio*, narrado em primeira pessoa pelo personagem-título, um jagunço do sertão nordestino, até a polifonia de *Viva o povo brasileiro*, no qual João Ubaldo constrói as dicções mais variadas, como as de um narrador grandiloquente de epopeia, um caboclo antropófago comedor de holandeses, uma mãe de santo mais afro que brasileira ao redor dos cem anos, entre dezenas de outras. Ubaldo sabia que um baiano, diante da morte de alguém, por exemplo, diz que Fulano "bateu a caçoleta", enquanto um carioca diz que "vestiu pijama de madeira". Talvez haja expressões comuns, como "passou desta para melhor", "esticou as canelas" ou "foi entregar pessoalmente a vela a Deus". Mas Ubaldo sabia que a semântica e a sintaxe variam conforme a praia.

Sabia, sobretudo, que cada escritor conhece somente a sua própria cidade. A cidade que conheceu na infância não é a mesma que conheceu na adolescência, nem na maturidade. Cada cidade supõe a memória do que já não é, do que foi apagado pelo tempo. Cada cidade é uma Troia, mesmo que não guarde a memória de sua tragédia. Já foi construída e destruída muitas vezes. E sabia que só um nativo é capaz de reproduzir a verdadeira fala de sua cidade. O "estrangeiro" produzirá, na melhor das hipóteses, um arremedo, em que se identificam, no vocabulário e na sintaxe, as marcas de sua origem.

Pode parecer excesso de zelo. Afinal, Ubaldo já era um dos clássicos da crônica do Rio de Janeiro. Assim como Drummond, Paulo Mendes Campos e Fernando Sabino, mineiros. Rubem Braga e José Carlos Oliveira, capixabas. E Nelson Rodrigues e Antonio Maria, ambos nascidos em Pernambuco. Sem falar nos cariocas da gema — ou *da algema*, como dizia Millôr Fernandes. No entanto, essa preocupação era tão aguda que Ubaldo levou mais de dez anos para conceber suas *Noites lebloninas*. Como inventar a fala de uma cidade que só conhecera de perto depois dos quarenta anos?

A ficção, como todos sabem, depende de uma *suspension of disbelief* — em geral maltraduzida por suspensão da descrença, que seria mais apropriada para descrever a revelação de Deus.

Mas não há suspensão da descrença que resista caso não haja entre o leitor e o texto o pacto da verossimilhança.

Para celebrar este pacto em *Noites lebloninas*, depois de muito meditar, Ubaldo construiu seu narrador. Ele é porteiro de um edifício de alta classe média, nascido na Bahia, mas morador do Leblon há muitos anos, como o próprio Ubaldo. A dupla identidade garante a verossimilhança de sua fala aqui, "no Rio de Janeiro, que é minha segunda pátria e hoje posso dizer que sou um carioca e quem me vê assim me toma por carioca, isto aqui é minha casa, não saio daqui nem deportado".

O humorista

João Ubaldo Ribeiro é sempre um humorista. Como Rabelais, Cervantes, Lewis Carroll, Mark Twain, Shakespeare. Este último, aliás, talvez seu herói maior, não costuma abdicar do humor nem nos momentos mais trágicos. Em *Antonio e Cleópatra*, quando a protagonista decide que não há caminho senão o suicídio, quem lhe entrega as serpentes com as quais se matará é um palhaço. E o faz dizendo frases dignas de uma comédia de circo.

Em geral, os teóricos da literatura — com exceção do mundo anglo-saxônico — têm certo desprezo pelo humor. O texto que faz rir costuma ser desqualificado diante do texto que provoca a suposta reflexão séria (como se o riso não fosse manifestação do espírito crítico), assim como a comédia costuma ser desqualificada diante da tragédia. Imagino que os teóricos do presente ou do futuro se encarreguem de demonstrar que tal raciocínio é desprovido de um mínimo de lógica.

É curioso que um escritor da grandeza de Ubaldo cultivasse entre seus ícones a figura de Damon Runyon. E mais curioso ainda que o declarasse. De modo geral, os escritores constroem para si uma genealogia, às vezes falsa, de alto pedigree. Sendo apaixonado pelos diversos registros da oralidade, Ubaldo poderia ter escolhido heróis mais valorizados nos círculos eruditos, como o Faulkner de *The Sound and the Fury*, o Joyce de alguns fragmentos de *Ulysses* (que Ubaldo, aliás, parafraseou em *O sorriso do lagarto*) e outros monstros dos tempos modernos. Mas João Ubaldo era fiel aos seus ícones — Vieira, Jorge de Lima, Monteiro Lobato, Shakespeare e poucos outros —, e entre eles se incluía a admiração pelo humor e a instantaneidade das narrativas de Damon Runyon.

Na verdade, Ubaldo não precisava do amparo das ficções dos outros. Já havia criado uma coleção de personagens tão extensa e ainda mais variada do que a de Damon Runyon, não só em seus romances, mas também no *Livro de histórias* (também publicado com o título de *Já podeis da pátria filhos*), em que há uma plêiade de figuras populares como Luiz Cuiúba, Vavá Paparrão, Robério Augusto e muitos outros tipos inesquecíveis.

Entretanto, a lembrança de Runyon talvez lhe sugerisse uma semelhança com sua própria biografia. O autor americano nascera em Kansas e só chegara a Nova York aos trinta anos. A despeito disso, se tornara o principal cronista do submundo da Broadway. Talvez a analogia com Runyon sugerisse a Ubaldo que era possível transplantar para o Rio de Janeiro os carnavais de sua linguagem *made in* Bahia. Como diz o narrador de *Noites lebloninas*: "O carioca sempre valorizou o baiano e também costuma tratar o baiano com bastante respeito, porque tem certeza de que todo baiano é macumbeiro e de que praga de baiano pega mais que catapora, não sendo o carioca besta, para querer viver debaixo de praga o resto da existência. E tanto o carioca quanto o baiano têm por ideal não fazer nada, residir na praia, viver de bermuda e havaiana e jogar conversa fora por entre cervejas e risadarias, sem deixar de dar grande valor ao intercâmbio sexual e aos fenômenos artísticos, poéticos e filosóficos, são povos irmãos."

Entre duas cidades

Apesar de sua baianidade, João Ubaldo Ribeiro foi e é um dos mais notáveis cronistas do Rio de Janeiro. O Conselheiro Aires, personagem de Machado de Assis, dizia que "o mundo começa no cais da Glória ou na rua do Ouvidor e termina no cemitério de São João Batista". João Ubaldo poderia dizer que o mundo confina ao norte com o Jardim de Alá, ao sul com a padaria Rio-Lisboa, a leste com o oceano Atlântico e a oeste com o botequim Flor do Leblon.

Jorge Luis Borges, em *Historia de la eternidad*, escreveu um ensaio sobre os tradutores europeus das *Mil e uma noites*. Segundo sua versão, o primeiro foi um francês, chamado Jean Antoine Galland, que trouxe de Istambul, no início do século XVIII, um exemplar do livro e um serviçal chamado Hanna. Este serviçal teria sugerido a Galland que acrescentasse à sua tradução as histórias de "Aladim e a lâmpada maravilhosa" e "Ali Babá e os quarenta ladrões", inexistentes na versão original. Claro que quase todas as versões posteriores se apropriaram dessas histórias.

Quem sabe podemos acrescentar às *Noites lebloninas*, pelo menos na imaginação, outras histórias, ubaldianas ou não, e adaptá-las ao estilo do seu narrador? Se nos propuséssemos à aventura de conhecer de perto o bairro, quem seriam seus futuros personagens? O Salvador, da banca de jornal? O Matias, da padaria Rio-Lisboa? O Chico, do Flor do Leblon? Certamente, Ubaldo faria deles figuras tão tangíveis quanto os de sua primeira pátria, Itaparica. Alguns desses nativos da ilha, aliás, tão tocados foram pelas narrativas de Ubaldo que se convenceram de que eram de fato os personagens de seus livros. E os exibiam aos turistas visitantes como prova de suas façanhas imaginárias. O pescador Luiz Cuiúba, por exemplo, ficou convencido de que era o Marcelo Mastroiani de Itaparica e, segundo o anedotário da ilha, se aproximava das turistas louças como se fosse o protagonista da *Dolce Vita*.

Do princípio ao fim

João Ubaldo Ribeiro construía seus livros de forma peculiar. Primeiro, escolhia o título. Depois, a epígrafe. Por fim, começava a escrever o primeiro parágrafo. Parece simples, mas não é. A maior parte dos escritores faz planos meticulosos sobre como construirá sua narrativa. Só depois de avaliar e planejar toda a arquitetura, ou boa parte dela, inicia a travessia.

Ubaldo jamais tinha pronto o seu plano de voo. Às vezes, sentia-se compelido a recomeçá-lo desde o início. Outras, sofria com a insurreição de um personagem que se rebelava contra seu próprio criador. Era um processo turbulento e penoso. De maneira geral, prevalecia a criatura.

Noites lebloninas, na verdade, é apenas o princípio de um livro. Provavelmente, o texto passaria por mudanças, ditadas pelo processo de criação de João Ubaldo.

Por acaso ou não, fui a Itaparica no seu derradeiro aniversário, em janeiro de 2014. Lá conheci Toinho Sabacu, um dos quatro amigos a quem é dedicado *Noites lebloninas*. Toinho é também autor da Teoria da Catraca, segundo a qual morrer é fácil: difícil é passar pela catraca. Foi uma festa muito simpática, com exibição de danças folclóricas da ilha, executadas por um corpo formado por crianças, discursos de professores e alunos da Escola João Ubaldo Ribeiro e um cantor hilariante que, como se diz no português de hoje, fazia cover de Ney Matogrosso.

Da última vez em que estive em sua casa, já de volta ao Rio, Ubaldo me mostrou o que seria o terceiro conto deste livro, ainda inconcluso. Quase morremos de rir. Depois sugeri que escrevesse suas memórias e mencionei diversos modelos literários para fazê-lo. Ele me disse que já havia pensado nisso, mas preferia reservá-las para a velhice.

A velhice não chegou. Dez dias depois, João Ubaldo passou pela catraca. Provavelmente, foi morar com seus personagens, no céu da ficção. Deixou-nos a nós, seus leitores, com a sensação do inacabado, talvez inerente à vida. Mas vai continuar pairando, com seu sorriso largo, no horizonte da literatura brasileira.

Geraldo Carneiro

Noites
lebloninas

Para Toinho, Luiz, Zeca e Joaci.

*Segundo Wilson Guimba, o problema
é que a realidade engana muito.*

Noites lebloninas

Falou muito bem o doutor Camilo, na vez que Rodriguinho Saqualulu chegou de radiotáxi sábado de manhãzinha, todo torto, de cara roxa e chacoalhando as pernas para os lados e, se não fosse pela presença sempre caritativa e milagrosa do citado doutor Camilo, tinha desencarnado nessa justa ocasião, tão certo quanto o sol sucede à lua. Como sempre, doutor Camilo ia saindo exatamente no badalar das seis, para caminhar no calçadão, quando o valoroso e por todos invejado anjo da guarda de Rodriguinho providenciou que o taxista, na aflição de se livrar daquele animal desconjuntado já mais para lá do que para cá, furasse o sinal na Ataulfo, disparasse na contramão metade da rua e freasse com o para-choque encostando no portão da garage, quase invadindo o edifício e também por pouco não atropelando doutor Camilo. Mas doutor Camilo, santa alma abençoada, só fez dar um pulinho para trás e na mesma hora percebeu a condição altamente morrediça de Rodriguinho, bem como que o taxista ia despejar ele por cima dos canteiros e se subtrair do ambiente antes que a situação se tornasse policial. E de fato Rodriguinho era um espetáculo mais que lastimoso, com o peito da camisa babado de cima a baixo e a língua sem acertar a permanecer dentro da boca, roxo como um repolho alemão e despencando em todas as direções. Doutor Camilo, espírito elevado entre os mais elevados, não só pagou a corrida que o taxista não esperava mais receber como deu uma gruja extra a ele, para que ele me ajudasse a segurar Rodriguinho uns instantes, o que normalmente seria serviço mais para um bom guindaste de represa, devido a que Rodriguinho é assim chamado no diminutivo por gozação do carioca, observando eu que o carioca é sumamente gozador, visto ser do conhecimento geral que não é assim qualquer búfalo que ganha no peso de Rodriguinho Saqualulu.

E dessa maneira ficamos segurando o infeliz na entrada da garagem, com o peso dele aumentando dois quilos por segundo e o ponteiro dos segundos do relógio da portaria se arrastando igual a uma cobra de barriga cheia, enquanto o doutor Camilo ia rápido lá em cima, buscar as emergências dele, que estão sempre de prontidão na sua saletinha, desde que ele se aposentou do Miguel Couto. Ele era ginecologista, mas, depois de aposentado, ouvindo o apelo de seu grande coração, continuou a levar seus respeitados conhecimentos da boa medicina aos necessitados, mas resolveu mudar de especialidade. Com o nome que ele tem, podia ter virado médico das madames do mais chique Leblon, cobrando no barato uns mil e duzentos contos por periquita inspecionada e mais sabe lá Deus quanto pelos reparos, mas seu coração gigante logo se penalizou com os dolorosos infortúnios dos muitos que por aqui sofrem dos males do álcool e outros preparados adversários da saúde e da ideia, não lhe faltando clientes, a qualquer hora do dia ou da noite. Ele atende de graça esse pessoal, mas circula o comentário de que aufere belas quantias, por meio de apostas e bolões sobre se certo doente vai empacotar dentro de tantos meses, semanas ou até dias, de conformidade com o indivíduo em questão. No Vala Comum, que é como chamam o boteco que ele e outros velhotes frequentam na Bartolomeu Mitre e que somente o dono chama pelo nome oficial de Pérola do Alentejo, todo mundo garante que está sempre rolando o Bolão da Sobrevida, que é o título que eles dão a esse certame, com os nomes dos candidatos a finado e as apostas como tal ou qual não dura mais que tanto ou quanto. É um jogo que exige grande tirocínio, dizem que muito mais difícil que os cavalos, por causa das combinações dos futuros defuntos com os prazos para o passamento. Um aposta que Fulano só dura uma semana, mas também bota um dinheirinho em uma ou duas semanas, ou quantas queira, outro descarrega tudo num condenado de fé, outro aposta que o conjunto todo não emplaca o ano, é muito complexo. Doutor Camilo não gosta de reconhecer que fundou e pratica o Bolão da Sobrevida, mas faz questão de explicar que não tem nada de errado nas apostas e nos bolões, visto que ele jamais aposta na morte de nenhum doente, só vai na sobrevivência. Quando sente que o bicho vai bater a caçoleta, simplesmente não aposta mais. Ele diz que é uma questão de ética, que ele talvez pense que eu não sei o que é, mas estou muito longe de ser analfabeto e sei que essa ética é mais ou menos como o Código de Trânsito, só que nesse caso não é o motorista, é o médico. Se o médico deixar o doente morrer de propósito ou de sacanagem, a ética vai lá e tira uma porrada de pontos da carteirinha dele e, além do mais, doutor Camilo, coração de ouro puro, nunca ia desejar a morte de ninguém. Ele chega a apostar com o doente como esse doente não morre, embora nisso se veja um pouco de esperteza e malandragem, mas que atire a primeira pedra aquele que for perfeito, pois é claro que, nessas apostas, ele cobra se o doente não morrer e não tem a quem pagar, se o doente morrer. Temos apostas muito notáveis, que já entraram para a história do Leblon, como no caso do coronel Duarte, que até hoje está aí, mais morto do que vivo e sem fígado, mas está, até ontem estava. O coronel já tinha perdido a conta das vezes em que foi desenganado, aqui e em São Paulo, mas continuava militando na ebriedade de segunda a segunda, até o dia em que tomou um porre de genebra no Degrau e ficou paralítico de repente, todo duro da sola dos pés à careca, os olhos vidrados e o queixo empedrado, sem reagir a nada, nem mesmo a beliscões e um copo de água gelada na cabeça. Já vários e diversos começavam a sugerir que se chamasse logo o rabecão, mas o doutor Camilo apareceu para pegar o cozido justamente nessa hora e aí fez umas mágicas medicinais no coronel e deve ter aplicado uma injeção antiempedramento, emendando com um papo de vestiário tão bem armado e discursado que eu sei é que, de acordo com todas as testemunhas, o coronel pulou da paralisia e fez menção até de retornar à genebra, só que doutor Camilo aconselhou que por enquanto era melhor ele não facilitar e ficar num chopinho ou dois, no máximo quatro. Mas não se enganasse porque, quando o resto do corpo desse pela falta do fígado, a passagem de ida sem volta estava na mão, embora ele garantisse que o coronel ainda podia durar pelo menos mais um semestre, ele conhecia casos e mais casos. E aí não somente apostou com o próprio coronel, mas também entrou no bolão semanal que organizaram, em que dizem que ele abiscoitou o suficiente para dar um carrão zero à filha mais nova, havendo igualmente faturado uma baba na ocasião em que o coronel entrou em coma e ficou seis dias vai-não-vai na UTI, tendo havido amigos que cravaram cinco para um como dessa vez a continência dele ia ser para São Pedro, mas doutor Camilo ferrou todos eles. São histórias, vai ver que até calúnias, obra dos maldosos, que não têm o que dizer de um homem abnegado.

    Pouco antes que o elevador descesse, trazendo doutor Camilo, o taxista não me falou nada, mas eu senti pelo olhar dele que ele, assim como eu, estava mais que desumanamente esforçado em segurar Rodriguinho pelo sovaco e também precisava respirar, de forma que seu pensamento era igual ao meu, qual seja o de desistir de segurar Rodriguinho e deixar que ele desmoronasse em cima dos cactos dos canteiros, os espinhos eram pequenos e era possível que ele até espertasse com o choque. Mas o anjo da guarda dele prosseguia de plantão porque, bem nesse instante, carregando suas emergências, sai o doutor Camilo do elevador, já começando a pôr em prática seu tratamento de primeira qualidade, por todos admirado. Deitem aí a alimária, disse ele, apontando um canteiro que não tem cactos, ajeitem aí o cetáceo, ninguém ali sabendo o que é nem alimária nem cetáceo, mas só podendo ser Rodriguinho, e eu aproveitando para fortalecer meu vocabulário, porque, depois de ouvir palavras elegantes, eu sempre vou espiar meu dicionário, que está velho, mas nunca me traiu a confiança. Nós fizemos a força e doutor Camilo mexeu para lá, mexeu para cá, cutucou aqui e ali e, quando demos por nós, lá está Rodriguinho de pé e vomitando as cataratas de Nova Iguaçu em cima da calçada, que daí a pouco quem ia ter de lavar era eu. E logo de roxo ele passou a cinza, de cinza a verde, de verde a amarelo e, depois de todo um arco-íris, doutor Camilo declarou que ele agora estava bem e morrer não ia morrer, só ia passar umas horinhas com vontade de morrer, sendo uma coisa muito diferente da outra, como sabe qualquer biriteiro, na manhã do remorso que vem antes da tarde da recaída. E disse mais uns termos de médico, mas estava tudo voltando à normalidade. Rodriguinho que fosse agora se assear daquela sujidade gosmenta e fedentinosa e que, dessa data em diante, procurasse tomar juízo e não se metesse nas situações de alta periculosidade em que volta e meia se dava mal, pois podia muito bem ser que um belo dia a vaca, ao seguir desprecatada para o brejo, lá se afogasse.

 Foi nesse momento que doutor Camilo, depois que lavou as mãos ali mesmo e se preparou para pegar o calçadão, me dirigiu frases filosóficas instrutivas que sempre levarei em conta pela estrada da vida afora, porque eu conheço bem o Rio de Janeiro, que é minha segunda pátria, mas não chego nem perto de como o doutor Camilo conhece o Rio de Janeiro em toda a sua profundidade. Sempre prestei atenção nas conversas dos antigos e nas lições dos letrados, tanto assim que muita gente garante que eu tenho o segundo grau, mas nunca inteirei o primeiro, embora não me troque por vários e diversos que por aí desfilam de paletó e gravata, com cara de doutor e salário de peão. Aquele que vier me fazer perguntas sobre Ruy Barbosa e Castro Alves vai tomar um susto com o que eu sei de cor e salteado, inclusive trechos e mais trechos de obras completas. De maneira que sempre recordo e recordarei o que doutor Camilo me falou nesse determinado dia, que foi um pouquinho mais comprido, mas para o gasto basta um resumo. O leigo, disse ele, peca sempre por achar que o céu é perto. O céu não é perto, disse ele, é sempre bastante mais longe do que a gente pensa. O leigo não deve se aventurar sozinho na noite carioca, corre muito risco, não se esqueça disso, repetiu ele. Ah, nem queira saber, disse ele. Se um dia ele parasse para contar, eram casos e mais casos que não iam acabar nunca, cada qual mais tremendo que o outro, como a triste narrativa do famoso homem da alta roda mineira que levou a santa esposa para um lugar na Barra da Tijuca pelo nome de Hot Hot Night e, num piscar de olhos, tomou três cornos um atrás do outro e acordou em Marechal Hermes, sem saber como e sem mulher, sem carteira, sem relógio e sem calça, e foi uma novela assombrosa para deslindar toda a problemática desse episódio, que até hoje, lá em Minas, é grandemente abafado. E mais não se sabe quantas tragédias comovedoras, aprendendo-se com elas como o leigo de fato corre imenso perigo, ao percorrer a noite carioca sem boa orientação e sem formação na matéria, disse doutor Camilo, puxando as meias e ajeitando o boné, para rumar para o calçadão. Rumou, mas antes de dar três passos, parou, se voltou para mim, sacudiu o indicador como o pai sacode para o filho e me disse mais que eu, leigo também sendo, ficasse sabendo logo a vacina para a merdança que, mais cedo ou mais tarde, eu ia aprontar na noite carioca, a qual vacina consistia em não procurar saber de nada, mas nada mesmo, nadíssima, do que aconteceu na noite passada e, do que eu lembrar, não reconhecer que lembro nem jamais admitir recordação nenhuma, de nenhuma espécie. Olha lá, disse ele, olha bem lá, nunca é nada com você, é a única vacina possível. Quando vierem conversar com você sobre o que aconteceu sábado passado, você pergunta: sábado passado, que sábado passado?

É isso que não sai de minha cabeça, no primeiro sábado depois do sábado em que Rodriguinho quase acorda chocando os cactos. Daqui a pouco vai dar nove horas da noite e eu estou com uns maus pressentimentos e apertando o tempo todo minha medalhinha de Nossa Senhora do Perpétuo Socorro, porém sabendo por outro lado que a santa não dá socorro nessas questões da noite carioca e do sábado passado, a não ser talvez em último caso, assim mesmo pela extrema caridade própria dessa grande santa, não é todo santo que acode nesses transes. Pode não ser como os pressentimentos me dizem, mas eles ficam zanzando em redor de minha cabeça igual a essas formigas-de-asa em redor de uma luz e me dão a certeza de que eu vou aprontar a merdança de que doutor Camilo falou e vou esculhambar minha noite de folga e o domingo, nessa embaixada em que me meti junto com Rodriguinho Saqualulu e Demostes, nosso amigo e porteiro do 719, bom menino do Piauí, colega distinto e de bom trato, mas muito verde em território carioca, para não falar na noite carioca, na qual nem eu, que já posso me considerar carioca, tenho grande domínio. Aliás, manda a verdade reconhecer que não tenho nenhum domínio e aí me vem uma espécie de arrepio e os pressentimentos zumbem sem parar. A verdade afirma que eu sou um dos leigos de que fala doutor Camilo e não dá para farejar boa coisa nessa saída com Rodriguinho, pois, se eu sou leigo e Demostes é leigão, mais leigão que os dois juntos é Rodriguinho Saqualulu, os pressentimentos soprando cada vez mais alto que eu não embarque nessa. Mas como é que eu não vou embarcar? Assim de primeira, pode parecer fácil, mas é muito difícil, não tive cara de recusar. Na hora remanchei e dei umas voltas na conversa para ver se ele desistia, mas ele não se tocou e eu senti que negar ia causar grande infelicidade e solidão, numa pessoa já meio fraca da ideia e abatida das emoções. Para quem tem o coração cristão, como eu, e aprendeu que não se nega, ao nosso irmão por parte de Deus, nem água, nem comida, nem abrigo de chuva, nem ajuda na aflição, posso garantir que não foi possível retrucar na negativa, porque o pecado em jogo é sério e ou atrasa a vida ou apressa a morte.

    Depois que curou o porre de todas as águas que tinha tomado naquele sábado, Rodriguinho me faz uma reportagem resumida do que daí se desenrolou e eu não lembro todos os lances e detalhes, mas sei que, quando ele chegou, tinha ingerido várias coisas que não sabia o que eram, isso por causa do fora desalmado que levou de Dayara, a hoje ex-namorada dele, que confessou com a maior cara de pau que tinha o costume de passar nas armas vários e diversos, notadamente no círculo de relações de Rodriguinho e que não constava das suas dela intenções abdicar desse costume, o qual era um costume a que ela devotava forte apego. Por aí se vê até que ponto o ciclone da paixão sufoca a brisa do juízo e da decência, porque quando Dayara fez esse esclarecimento e terminou por anunciar que era assim mesmo, nunca seria assado e era pegar ou largar, Rodriguinho quis largar, mas não teve forças e ficou na humilhação e no padecimento e foi aí que bebeu mais e não sabe se o que bebeu era de beber mesmo, ou senão de injetar, mas bebeu todas e só se lembra de ter tido uma penca de pesadelos e visagens e de ter acordado vomitando no jardim.

Desfortúnio por sobre desfortúnio era a vida desse rapaz de boa família e bem-educado, filho único de pais velhos e, talvez por isso mesmo, sempre meio diferente. Filho de velho não toma relho, dizem os mais antigos, com isso anotando que, por falta de um castiguinho, quando verdadeiramente merecido, o filho de velhos, ainda mais se único, costuma ser um indivíduo atrapalhado e desorientado no que quer na vida. Nunca deu para nada, não acerta a trabalhar e, de vez em quando, pega o carro, bota a prancha de surfe em cima e vai surfar em algum lugar longe daqui, onde não seja reconhecido por ninguém. Sai cedinho, enquanto ainda está escuro, porque, se flagrarem a saída dele, no duro que vão perguntar se ele está de viagem para Saqualulu, o carioca é sumamente gozador, é só levantar a bola, que ele finaliza. E nisso está o drama da alcunha de Saqualulu, que ele carrega desde o tempo em que viajou, faz muitos anos, para umas férias em Saquarema, mas antes deixou com um amigo seu que morava no Havaí, que fica em Honolulu, uma farta quantidade de cartões para o amigo mandar de lá, dizendo que era Rodriguinho quem estava mandando, durante uma participação especial num campeonato de surfe meio inventado. O primo mandou os cartões direitinho e, nos primeiros dias, funcionou. Mas até o primo abriu o bico e, quando ele chegou todo com cara de quem vinha de Honolulu e contando as lorotas que tinha ensaiado na cabeça, já se sabia da história e ele recebeu novo batismo, como seja o apelido de Saqualulu, que vem justamente a ser a cruel combinação de Saquarema com Honolulu. E dizem mais ainda que Rodriguinho foi e sempre será o pior candidato a surfista que jamais pisou em Saquarema, tendo desistido da temporada para não passar vexame em demasia e dedicado o resto das férias a perder cervejas na sinuca e jogar dominó com os velhos da praça.

Um semelhante assim, tão maltratado pela vida ingrata e pelo destino malevolente, não pode deixar de causar compaixão. Naquela altura do ano, já estava desprezado e largado da namorada, porque Dayara desapareceu nesse mesmo sábado do desgosto, telefonou de Petrópolis na terça e nunca mais deu as caras. Desmoralizado, entre amigos ingratos e desleais, acabrunhado pela desonra e pelo desdém, ia fazer aniversário no mais completo alquebramento, sem ter ninguém sincero para comemorar com ele. Ninguém, quer dizer, a não ser eu e Demostes, que ele convidou logo na segunda-feira. Não deixa de ser uma grande delicadeza da parte dele, se bem que ditada pela necessidade, sendo, porém, que a necessidade é quem manda em todos os viventes e mente aquele que se gaba de nunca ter feito uma delicadeza por necessidade, mesmo tendo prejuízo. Então nós acusamos a delicadeza dele e aceitamos o convite, eu mais por espírito cristão e Demostes mais por ser leigão na noite carioca, especialmente na leblonina. Está se sabendo que é Saqualulu falando e tem que se efetuar o desconto, mas ele disse que ia ser tudo papa-fina, tudo claro que por conta dele, num lugar especial, comida especial, companhia especial, tudo especial, do bom e do melhor, na inesquecível noite leblonina.

Por conseguinte, não me causa propriamente surpresa a porta de serviço do 719 se abrir, faltando uns dez para as nove, para mostrar uma paisagem que contada não se acredita. Mas até eu, que converso com ele todo santo dia, levei algum tempo para distinguir que aquele camarada todo alinhado que quase chegava a faiscar, desde o cabelo no capricho até o brilho dos sapatos, se tratava, podia se dizer sem medo de errar, do melhor exemplo da elegância do piauiense, nada menos que Demostes César do Sacramento Leal, envergando um terno de loja que ele trouxe lá de Teresinha na bagagem e que aqui nunca foi usado, gravata listrada e camisa social de colarinho engomado. Não é que eu tenha me vestido mal para a noite, porque conheço as ocasiões e suas etiquetas, mas cheguei a ficar um pouco acanhado diante do capricho de Demostes, que devia ter me avisado, porque eu possuo três paletós e dava para sair combinado. Chega ele nessa esmerada estica e muito sorridente e, ao se aproximar, espalha ares perfumosos por todo o quarteirão, parecendo que um anjo peidou, como diz o carioca. Sim, senhor, mijo de gringo francês legítimo, tinha botado nos sovacos e atrás das orelhas umas gotinhas, que deviam sair a uns duzentos contos cada, do perfume francês caríssimo que doutor Macedo, do 804, comprou para dar a uma namorada boliviana que ele arrumou no café da manhã da padaria, mas dona Mirtes, sua dele santa esposa, descobriu tudo e manifestou grande desaprovação. Entre outras medidas punitivas, pegou o perfume e deu de presente a Demostes, junto com os demais bagulhinhos que doutor Macedo tinha adquirido escondido, para cativar essa dita namorada boliviana, a que dona Mirtes continua a fazer objeções, havendo discursado na janela para quem quisesse ouvir que, no dia em que a tal vagabunda latino-americana ousar outra vez remexer pela Zé Linhares abaixo aquele rabo recheado de silicone de borracheiro e aqueles peitos de vaca holandesa, será coberta de porrada na frente de quem for, notadamente de doutor Macedo, e tomará uma bolachada tão poderosa que vai acabar no fundo do Titicaca, ignorando eu o que venha a ser o fundo do Titicaca, mas sabendo, pela entonação de dona Mirtes, que boa coisa não há de constituir e que ninguém em seu correto juízo ia querer estar na pele dessa namorada boliviana, mesmo que não fosse no fundo do Titicaca.

 Sou obrigado a reconhecer que Demostes saiu muito melhor do que a encomenda e ele mesmo parecia que nunca tinha feito outra coisa na vida. Viu as horas no relógio, esfregou as mãos e cheirou as palmas, ajeitou o paletó e perguntou se eu estava nervoso, ele não estava, só estava doido para chegar a hora. Eu nervoso não estava, talvez somente um bocadinho. Pela noite propriamente, não; mas por causa de Rodriguinho, sim, porque eu sei que Algo mente muito, mas de qualquer forma Algo me diz que ele vai se meter numa conjuntura dificultosa novamente e levar a gente com ele. Mas Demostes retruca que desta feita Algo com certeza está mentindo, até porque Rodriguinho pode ser enrolado, mas é titular de uma bonita mesada e pessoa muito bem relacionada, além do que todo mundo sabe que ele é Saqualulu, mas ninguém leva isso contra a pessoa dele, o carioca é sumamente gozador, mas é sempre uma gozação a favor, não é para derrubar o elemento. Mas vamos dizer que ele estivesse de maré baixa de amigas para convidar. Se fosse mesmo este o caso, e até quisera que fosse, estava dentro dos recursos dele contratar as melhores garotas de programa do Rio de Janeiro, daquelas que aparecem com tudo de fora nas revistas, mulheres lindíssimas, finíssimas, educadíssimas, falando idiomas internacionais e sabendo se comportar em todos os ambientes, com diplomas de professoras, contadoras e doutoras, exímias nas artes de transportar o homem ao paraíso de Dantes. Ele não ia prometer sem ter a intenção de cumprir, não ia querer fracassar mais uma vez, ia ser tudo no capricho.

E de fato, mais cheiroso ainda que Demostes e também todo garboso, desce Rodriguinho lá da cobertura, carregando duas sacolas grandes e dando uns pulinhos de contentamento. Então, tudo certo, tudo em cima, estávamos prontos, podíamos dar a largada para o Grande Prêmio? Ah, mas que noite ia ser essa, que tremenda noite inolvidável, foi dizendo ele, enquanto a gente entrava na garage para pegar o carro e ele arrumava as sacolas, cheio de mil cuidados. Aquilo ali não eram bebidas, como talvez estivéssemos pensando, nem tira-gostos, nem gelo, nem nada disso, isso tudo já estava providenciado no local da festa, não tinha limite, o limite era o que todos e cada um conseguissem beber e comer. Dentro das sacolas... Não, não ia contar o que levava nas sacolas, ia precisar dar muitas explicações, melhor fazer surpresa, deixar tudo rolar naturalmente, não ia planejar mais nada, até porque já tinha planejado demais, tinha passado a semana inteira ajustando a festa nos mais estudados pormenores, detalhes, minudências e particulares. Nisso eu pensando aqui com meus botões de madrepérola que, como diziam os antigos, surpresa não tem defesa e os pressentimentos me zumbindo pelos ouvidos cada vez mais e o rosto de doutor Camilo parecendo que estava boiando no ar em minha frente, mas não tinha jeito senão continuar a ouvir o que ele estava dizendo. Primeiro, o principal, que era o time de mulheres, pois todos concordam que sem a mulher não existe o festejo. Éramos três homens e, portanto, foram convidadas seis mulheres, duas para cada um e intercâmbio liberado, ninguém é de ninguém — ele deu aquela risadinha propriamente de Saqualulu mesmo. Dessas seis, três eram amigas dele e as outras três ele não conhecia pessoalmente, mas não tinha nem pensado em contratar garotas de programa, não considerava uma boa fazer festa de aniversário com mulheres pagas, tirava toda a espontaneidade, era um negócio comercial, sem interesses sinceros. Claro que preferiu convidar amigas, amigas de verdade e de fé, amigas antigas e leais, amigas de muitos e muitos anos, pessoal em que ele podia confiar de olhos fechados. E também não eram mocinhas, dessas meninas bobas que pensam que são ótimas, mas ainda têm muito o que aprender e não adquiriram o tempero, o jogo de cintura, a calma, a compreensão e a categoria da mulher mais madurinha e somente os despreparados é que preferem as iniciantes e inexperientes, sem nenhuma tarimba carnal e calouras de corpo e de juízo, não passando de um desorientado aquele que almeja sempre desfrutar de virgens, achando que está se destacando ou é muito esperto. Mas está é enfrentando a labuta, a canseira e o nervosismo que a virgindade tantas vezes ocasiona em suas vítimas, havendo nesta vida poucas missões que tanto puxem pela paciência quanto colaborar com os primeiros passos de uma novata e o verdadeiro homem que sabe das coisas deixa essa consumição para outro, bastando somente lembrar que é muito mais astucioso pegar a estrada pronta do que abrir caminho na mata cheia de feras e aparições, além do que a ingratidão é frequente companheira daquele que desbravou uma virgindade, e existem várias e diversas que mal sabem o nome dele e recordam apenas que não foi bom, sem uma palavra para ressalvar pelo menos a boa vontade do atendimento proporcionado.

 Quanto mais Saqualulu falava, mais me dava medo de novas notícias alarmantes, além de informação que ele já tinha passado, dando a impressão de que tinha escolhido as convidadas num asilo de velhas sem-vergonha, Algo cada vez mais soprando em meu ouvido que aquela produção ia resultar em inúmeras lambanças e meus santos insistindo para eu tirar o time de campo, mas, na hora em que eu estava procurando alguma coisa para dizer sem encontrar o quê, Saqualulu achou de dar uma piorada na atmosfera e emendou sua dissertação com uma pergunta, mais bem uma tirada de dúvida. Na condição de funcionários e residentes no Leblon, disse ele, eu mais Demostes já devíamos conhecer, pelo menos de nome, um bloco de carnaval que saiu algumas vezes da Dias Ferreira, mas que depois dizem que a polícia proibiu, ou senão foi obra de um major da polícia corno, que era marido separado de uma das desfilantes. Esse dito bloco se chamava As Perdidas Exibidas e nele tomava parte um elevado contingente de coroas gostosas do Leblon, aquele mar de mulherio de médio e longo curso, algumas sem ritmo de jogo, mas em excelente condição atlética e ainda melhor disposição. Pois parecia mentira, mas iam estar na festa justamente Regininha, Lucinha e Verinha, que eram das mais famosas desse mencionado bloco das perdidas, tendo saído fotografadas em todos os jornais a oportunidade em que Regininha esgotou a produção de vodca da Polônia na concentração do bloco e aí subiu no caminhão de som completamente destituída dos sentidos morais, cantou a versão pornô da marcha do bloco e tirou o sutiã para rodopiar em volta da cabeça e depois jogar na multidão, o que deve ter sido a última gota para a polícia decretar a proibição.

 Todo mundo na minha família, tanto por parte de pai quanto por parte de mãe, morre de velho, com mais de noventa e cinco e comendo moqueca dormida junto com sarapatel na pimenta-de-cheiro, e nunca houve caso de morte do coração e outros ataques sem aviso, só de definhamento normal mesmo. A pessoa começa a murchar, a murchar e um certo dia se recolhe, resolve que o melhor que faz é dar uma morridinha, aí reza e morre, ou senão vai dormir e não acorda, na mais inteira naturalidade. Houve somente um caso de morte repentina na família, que foi o meu tio-avô Florisvaldo, que desencarnou de surpresa, entretido em cima de uma rapariga que ele tinha lá na terra onde ele morava, o cujo passamento muitos afirmaram ter sido do coração, porque, quando aconteceu o sucedido, ele já estava perto dos oitenta. Mas não foi coração, foi congestão digestiva cerebral, onde o sistema da alimentação sofre uma sobrecarga que acarreta o entupimento de toda a tubulação do organismo, a qual, não tendo por onde se escoar, sobe para o interior do crânio e lá estupora todos os líquidos corporais, trazendo inchação arroxeada, seguida de morte ou entrevamento perpétuo. Nesse dia, como relatou meu avô irmão mais moço dele, vô Florisvaldo tomou duas ou três talagadas bem medidas, almoçou mocotó com pirão e cerveja, comeu jaca mole de sobremesa, rebateu com um canecão de café e um copo de vermute, acendeu um charuto preto, saiu sem chapéu debaixo do sol a pino, subiu a ladeira até a casa da rapariga e caiu em cima da pobre criatura já na postura de fornicação, dando-se, porém, que a congestão bateu nesse justo momento e ele prontamente se finou.

Para Demostes, que não tem a minha antiguidade na área, essas informações da parte de Saqualulu não trouxeram a preocupação que trouxeram a mim, que senti uma piora no abalamento do meu sistema nervoso. Mas ainda botei as mãos para o céu, devido a que quase não jantei e por isso não estava muito arriscado a ter congestão de meu avô Florisvaldo, bem como devido a que minha família não adota morrer do coração, porque, na hora em que Saqualulu teceu suas considerações sobre dona Regininha, dona Verinha e dona Lucinha, eu tive um forte sobressalto e me veio um grande desejo de estar em casa quieto, assistindo futebol na televisão, em vez de comparecer a essa festa desmiolada, visto que, tão certo quanto como o bode berra e a galinha cacareja, aquela iniciativa de Saqualulu ia acabar dando em um ou mais finais à la catástrofe. Deus me perdoe se falsos levanto e não sou eu que vai julgar os outros, mas o que eu sei desse assunto delicado todo mundo aqui também sabe e não é invenção e muito menos crítica, quem sou eu. Apontar a realidade não é crítica e existem muitas realidades que não são bem assim no molde que Saqualulu explicitou, a começar por dona Regininha, dona Verinha e dona Lucinha, as três por todos merecidamente exaltadas, muito simpáticas e sem besteiras e não está aqui quem vai falar isso de maldade contra elas, mas não é uma questão de falar, é só de pensar mesmo, agora que Saqualulu, que numa hora infeliz eu fui acreditar que tinha ficado melhor do abestalhamento, meteu a gente nessa empreitada despirocada.

Para começar, vamos e venhamos, Demostes e eu somos porteiros. Somos aprumados, limpinhos e educados e temos quase todos os dentes, mas somos porteiros, enquanto elas fazem jus ao título de madame, que é o feminino de doutor, vamos enxergar a posição social do indivíduo. O que manda a realidade da posição social? Manda querer saber por que as madames toparam a festa de Saqualulu, que todo mundo sabe que não regula direito, com dois porteiros de convidados. Pode ser influência da democracia hoje tão na moda, mas acho difícil. E a realidade manda mais ainda, manda igualmente nos valermos dos antigos, que sabem que, quando a esmola é demais, o santo desconfia, laranja madura na beira da estrada etc. No tempo das perdidas exibidas, elas ainda estavam em boa forma, mas já se via que tinham quilometragem e vários e diversos garantem que dona Regininha tirou o sutiã daquela vez porque tinha reforçado as mamas com silicone e queria dividir com todos as alegrias do bom resultado, porquanto era da teoria de que, se ficou bonito, deve ser mostrado o máximo possível, onde quer que se ofereça a oportunidade. Nunca mais eu vi nenhuma das três, mas meu cálculo é que, desde esse tempo para cá, dona Regininha já deve ter pegado pelo menos mais umas duas recargas de silicone e largado o quinto marido, um magrela comprido da cara triste, que dizem que ela esquecia o nome e só chamava de Psiu e eu hoje creio que ninguém nunca soube o nome dele, seu Psiu. De dona Verinha ninguém sabe ao certo quantos maridos ela largou ou por quantos foi largada, talvez nem ela mesma, até porque tem por costume às vezes recasar com os mesmos ex-maridos, no que se embaralha sobremodo e ao mesmo tempo confunde a vizinhança. Regula em idade com dona Regininha, mas a essa altura não sei informar o estado de conservação. E finalmente vem dona Lucinha, que é a menos rodada das três, aliás doutora Lúcia Teresa, com consultório de dentista na João Lira, que nunca casou, mas conta-se que fez tudo a seu alcance para degustar meio Leblon e é adepta de casos amorosos que proporcionem combates físicos, xingamentos, pratos quebrados, portas batidas, vizinhos telefonando para a polícia e comprimidos de tarja preta que ela compra no atacado e trata como se fossem pipoca.

  Quanto mais ele falava, meu desejo de estar em casa aumentava, de forma que, quando ele deu uma paradinha para tomar fôlego, tomei a palavra e ofereci uma modesta argumentação sobre o assunto. Eu não queria em absoluto desmerecer ninguém, antes pelo contrário, mas não achava o nobre amigo Rodriguinho que aquelas três damas, todas excelentes pessoas, senhoras muito dadas, merecedoras de toda consideração, indiscutivelmente gente finíssima, não estariam talvez meio entradinhas em anos e talvez por isso mesmo tivessem topado aquele programa diferente, com um amigo e dois porteiros? Seria demais concluir que, com perdão da franqueza, elas estariam vindo a nós por total encalhe de mercado? Ou, pior ainda, elas não sabiam que a farra ia ser na companhia de dois porteiros de edifício e, quando soubessem, não iam gostar. Podiam estar esperando belos rapazes de alto gabarito e, quando vissem o que as esperava, sofreriam amarga decepção. Amarga e azeda, porque, pelo que se conta da folha corrida das convidadas, principalmente doutora Lúcia Teresa, dita o juízo que se evite que ela sofra contrariedades. No meu ponto de vista, a questão apresentava muitos aspectos melindrosos e até arriscados, razão para esse problema da minha apreensão.

Saqualulu se transtornou e chegou a parar o carro, enquanto respondia. Ele ia relevar isso que eu tinha dito, ia relevar porque eu não estava sabendo o que dizia e, portanto, era inocente. Do contrário, ele ia se sentir como na Bíblia, onde Jesus aconselhou que ninguém jogasse pérolas aos porcos, no caso as pérolas sendo a festa e as damas e, não ofendendo as famílias, Demostes e eu sendo os porcos. Deu um suspiro fundo e disse que nos compreendia e nos perdoava tudo, sem a menor mágoa. Era natural, para quem teve uma infância modesta, no interior dos interiores, mas escutássemos bem. Tínhamos sido convidados para um programa pelo qual qualquer um faria qualquer negócio, na companhia de mulheres fabulosas, famosas e fantásticas. Íamos desfrutar de requintes apurados, que não conhecíamos nem de ouvir falar ou de televisão, jamais esqueceríamos aquela noite, disso ele tinha o mais cabal convencimento. E claro que elas sabiam que éramos porteiros, o clima da festa tinha de ser de completa honestidade, elas ficaram encantadas ao saber que éramos porteiros, ainda mais relativamente jovens, de boa saúde, boa aparência e boas maneiras, como ele havia assegurado. E era por democracia, sim, as amigas dele sempre foram democratas ardentes, mas até agora, como tinha dito a própria Regininha, parecendo que estava até adivinhando, só exerciam a democracia na hora de votar e já era tempo de praticar outras democracias, na vida há muitos caminhos para o democrata. E não somente eram democratas como faziam grande oposição a qualquer forma de preconceito e eram conhecidas pelo progressismo — umas mulheres que tinham topado e até incentivado aquele programa de duas para um, onde se achava mulher assim, a não ser a peso de ouro? Nós nem tínhamos ideia do que era o progressismo e ele chegava a ficar com vontade de mostrar o que tinha trazido nas sacolas a pedido delas, para a gente ter uma ideia, mas não ia mostrar nada, ia deixar que a gente aprendesse na prática, pois até ele mesmo, apesar de também muito progressista, não estava à altura delas e desconhecia inúmeras coisas.

    Não, não ia antecipar tudo, mas agora tinha ficado com a língua coçando e não aguentava esperar que a gente chegasse ao Splendor, para saber de tudo. Talvez estragasse um pouco a surpresa, mas a culpa era de minha desconfiança descabida. Sim, tínhamos ouvido corretamente, não era alucinação auricular, ele disse Splendor! O Splendor, fotografado até em revistas americanas, comentado como um dos melhores motéis da América Latina, esse mesmo Splendor, é para lá que estamos indo! Modéstia à parte, o muito bem relacionado Rodrigo Fortunato da Gama Sampaio, pelos maledicentes despeitados alcunhado de Rodriguinho Saqualulu, tinha acertado tudo pessoalmente com o afamado espanhol Francisco Batista y Batista, dono da cadeia de motéis de luxo da qual o Splendor é a grande estrela. Modéstia à parte outra vez, don Pancho, como esse espanhol era conhecido pelos íntimos, era seu grande amigo e tinha providenciado, a preço de custo, a montagem de nada mais nada menos do que a suíte Tudor Grand Suite. Essa renomada Tudor Grand Suite, onde já luxuriaram astros e estrelas do cinema e das novelas, conta Saqualulu, é em homenagem a um tremendo rei inglês da antiguidade, dom Henrique Otávio, o qual rei teve seis mulheres, havendo mandado cortar a cabeça de duas ou três, por estar desagradado delas e não poder trocar de mulher, devido a que na época não se acatava o divórcio e a Inglaterra sempre adotou o dura lex sed lex, mesmo o camarada sendo rei, de maneira que ele se viu na contingência de resolver o problema na grossura, deu as ordens para ficar viúvo e acabou a pendência. Então são três suítes que dom Pepe manda conjugar, cada uma com uma cama redonda do tamanho do Engenhão e tudo decorado com material referente a esse dom Henrique e suas baixas façanhas, esperando eu, embora não tenha falado nada, que não conste desse material nenhum cortador de cabeça que as senhoras queiram porventura utilizar para algum progressismo, que não sei bem o que é, mas desconfio bastante e não posso dizer que me agrado do que desconfio. A cama é uma arena dos deuses, continuou a palestrar Saqualulu, espelho de alta definição no teto, piscina com hidromassagem erótica, bar enorme, geladeira descomunal, efeitos especiais de som, luz e decoração, telão com filmes de sacanagem, tudo, tudo, tudo, não dá para enumerar. Era justo que Demostes e eu ficássemos até assustados com aquela fartura completa, mas não se tratava de caso de amedrontamento ou nervosismo, muito antes pelo contrário, o negócio agora era relaxar e se preparar para desfrutar do jardim das delícias.

Havia tempo para beber qualquer coisa e relaxar no Splendor, porque as mulheres iam chegar um pouquinho mais tarde. Tinham saído num desses carrões para o Santos Dumont, a fim de buscar duas delas, que eram paulistas e vinham expressamente para a festa, estariam todas no Splendor dentro de uns quarenta minutinhos. Eu só conheço uma delas, disse ele, que é uma paulista muito louca. Tinha pedido a ela para convidar uma amiga e, com certeza, essa amiga era também muito louca, informação que logo veio a provocar novo sobressalto, não em Demostes, que é um inocente desprevenido e estava tentando segurar o queixo, pensando naquele ambiente de alta luxúria progressista, mas em mim, que nada compreendo da paulista, mas já ouvi falar muita coisa e prontamente enxerguei razão para alimentar forte receio dessa participação de paulistas muito loucas. Pode me faltar experiência própria, mas sei escutar o que dizem os mais capacitados e contam os mais vividos, como ordena a sabedoria e aconselha a prudência a quem almeja o bem viver sossegado. Sempre prestei muita atenção, uma das coisas de que faço questão na vida é prestar atenção, me vale muito. Por conseguinte, não preciso conhecer São Paulo, nem tem importância eu nunca haver dialogado com uma paulista, para saber muitas coisas que no geral o grande público ignora e até eu, que tenho certa cultura, também ignorava, até viver mais um pouco, em Salvador e principalmente no Rio de Janeiro, que é minha segunda pátria e hoje posso dizer que sou um carioca e quem me vê assim me toma por carioca, isto aqui é minha casa, não saio daqui nem deportado. Sem renegar a Bahia, rubro-negro lá e cá, Flamengo aqui, Vitória lá. O carioca sempre valorizou o baiano e também costuma tratar o baiano com bastante respeito, porque tem certeza de que todo baiano é macumbeiro e de que praga de baiano pega mais que catapora, não sendo o carioca besta, para querer viver debaixo de praga o resto da existência. E tanto o carioca quanto o baiano têm por ideal não fazer nada, residir na praia, viver de bermuda e havaiana e jogar conversa fora por entre cervejas e risadarias, sem deixar de dar grande valor ao intercâmbio sexual e aos fenômenos artísticos, poéticos e filosóficos, são povos irmãos.

 O cabedal de conhecimentos sobre o assunto que venho sempre amealhando mostra que se equivoca inteiramente o ignorante que faz pouco dos predicados carnais da paulista, por cometer o erro grave de confundir a paulista com o paulista, mas atesta quem sabe das coisas que o paulista não tem nada a ver com a paulista, assim como sucede com o mineiro e a mineira, porque na Bahia todo mundo sabe que a mineira é um tipo de gente diferente do mineiro, bastando ver um casal mineiro no carnaval de Salvador, ela de venta acesa e ele tomando calmante, rindo amarelo e apalpando o canivete. Lá em Belo Horizonte, eles combinam liberar geral no lesco-lesco de Salvador, mas, na hora do venha ver, vence a verdadeira natureza e ele se abala muitíssimo com o tranco, é doloroso de testemunhar. Ela não, ela fica muito à vontade e, se não segurarem, vai em frente, atirando com todo o seu arsenal. Então lá vem de lá essa paulista, com a barra da saia abaixo do joelhinho, oclinhos de grau, carinha fechada, cabelinho preso, blusinha recatada, manguinhas até os cotovelinhos e pastinha de executiva e o indivíduo cai em redondo engano, pois, se ela se interessar em desfrutar dele, espera somente terminar a obrigação de executiva e despachar a papelada, para em seguida acionar seu armamento, que todos dizem que vai desde a tirada dos óculos e da soltada dos cabelos onde ela só falta relinchar, até chaves de perna no estilo dos melhores lutadores e não há resistência possível. Elas se dedicam, não brincam em serviço, dizem "te aplica, ô meu!", exigem desempenho e todo mundo que encara uma delas balança na primeira hora, embora assegure quem foi lá que melhor atuação não se encontrará, nem aqui nem no estrangeiro, pois tudo funciona com perfeição completa e enseja formidável surpresa, admiração e orgulho em todos os brasileiros que, dispondo de uma paulista de primeira, veem com grande júbilo que nada têm a invejar por francesas transadas, rumbeiras cubanas, polacas profissionais, argentinas escoladas, suecas taradas e qualquer outra que possa se apresentar — a paulista, quem sabe das coisas bem repete, é padrão A internacional, referência geral, quem quiser que se engane, quem é burro pede a Deus que o mate e ao Diabo que o carregue.

Diante disso, quando se fala em paulistas muito loucas, democráticas e progressistas, é natural que o setor masculino manifeste algum temor, visto que se, no normal, ela já joga pesado, imagine-se muito louca, democrática e progressista. Muito loucas, repetiu Saqualulu e eu sofri um estremeção. E mais ia falar ele, quando chegamos ao Splendor, que de fato, visto de perto, impressiona bastante, parecendo um castelo de cinema, só que cercado de árvores e flores. Saqualulu também estava todo metido a dar pinta de artista de cinema, tipo 007, mas se atrapalhou um pouco na entrada, até que finalmente saímos do carro e subimos uma escadinha para a Grand Tudor Suite e paramos na porta, toda de madeira escura e enfeitada com dois machados enormes cruzados e uma porção de berloques e enfeites dourados, a qual porta, na minha opinião, lembrava mais porta de toca de lobisomem do que porta de qualquer rei inglês, por mais cortador de cabeça que ele fosse. Tudo indicava que Saqualulu teve a mesma impressão que nós e pela primeira vez na noite eu vi a cara de Demostes dar um sinal de que ele também não estava farejando boa coisa, em todo aquele desenrolar. Mas Saqualulu se recuperou do susto, fez cara de que estava acostumado a esse panorama e abriu a porta. Na hora em que a gente botou os olhos lá para dentro, ninguém enxergou nada e eu cheguei a pensar que o xibungueta do Saqualulu tinha combinado desligarem a luz elétrica, porque no tempo desse rei degolador devia ser tudo na base da vela de sebo, dado que nem fifó de querosene eles deviam conhecer nessa antiguidade. Aí ele pode ter achado engraçadinho a gente passar a noite no escuro, igual a no tempo do rei Henrique Otávio. Porém Deus é grande e não era isso, era que os controles do sistema de iluminação ficavam num centro embutido na parede e cheio de luzinhas e botões coloridos, que a pessoa olhando assim sentia que era preciso um diploma de engenheiro da Aeronáutica, para governar aquela complicação. Saqualulu quis apelar para o nosso conhecimento profissional na missão de acertar aquelas combinações de botões, mas eu, que nunca fui muito chegado a meter a mão em nada elétrico, logo fiz ver que muito mal distinguia os disjuntores lá do edifício e, mesmo assim, só pego neles quando não tem jeito. E Demostes declarou que dominava o bê-á-bá da eletricidade, mas da eletrônica desconhecia o alfabeto, de maneira que o demente do Saqualulu fez cara de 007 outra vez e meteu o mãozão no painel.

  Queria eu ser um poeta excelentíssimo, como Castro Alves, ou senão o português Luís de Camões, que com um olho só viu mais que todos os demais poetas juntos, queria ser um Ruy Barbosa, doutor em tudo, queria ser um padre Antônio Vieira, com seu perfeito conhecimento de todas as palavras e frases, para poder descrever direito o seguimento dessa triste iniciativa de

Saqualulu e os episódios desafortunados que decorreram enfileirados, muitos dos quais hoje são difíceis de lembrar, isto quando não são de todo esquecidos. Queria pelo menos ser um coronel Gervásio, que, lá na minha terra, quando fazia um discurso de muita responsabilidade, cruzava as mãos em cima da barriga, revirava os olhos, suspirava fundo e, com voz de padre, pedia aos céus e aos deuses da boa oratória que lhe dessem elevadíssima inspiração, findo o quê, sem mais trastejar, emendava com cada discurso que o povo ficava besta e houve casos de afamados visitantes de Salvador que chegavam lá e não tinham coragem de fazer discurso na frente do coronel, pois que podiam obter por resultado uma humilhação. Mas não tenho certeza de que nem o coronel se saísse bem para contar esses sucedidos na Tudor Grand Suite, principalmente se tivesse sido vitimado por numerosos desacertos, como eu.

  Começou com o tresvario da suíte depois que Saqualulu mexeu nos botõezinhos, porque os ditos mecanismos não pilotavam somente o som, mas toda a armação do ambiente, e a primeira coisa que aconteceu foi que desceu um telão ao lado do bar, mostrando uns roqueiros de fantasia de esqueleto cantando alto e fazendo uma zoadeira descomunal, no que a anta do Saqualulu partiu para decidir a situação, mexeu mais nos botões, o som começou a sacudir os copos do bar e o panorama logo se agravou, porque as camas deram para se movimentar sem nada indagar e depois passaram a rodopiar. Ninguém conseguia mais ouvir ninguém, os espelhos do teto ficaram cheios de braços e pernas estrebuchando, todo mundo caindo pelos cantos. Saqualulu foi se esticar para alcançar um botão no alto e caiu na cama, que respondeu com um sacolejo e em seguida acelerou o rodopio interrompido por uns soluços, no que justamente Demostes e eu procuramos ajudar, mas não dava para a gente se equilibrar e Demostes caiu na cama também e começou a dizer que estava mareado, eu muito desejoso de estar bem longe dali e só faltava o fantasma de dom Henrique Otávio aparecer para cortar o pescoço dos presentes, naquele descontrole do destino. Até que, já parecendo que tudo ia explodir pelos ares, Saqualulu deu um voo de goleiro espalmando para escanteio, conseguiu bater num bendito outro botão e o som sumiu, mas a cama rodopiou mais rápido e ele, numa dessas voltas, deu outro voo de Copa do Mundo, trocando de mão no ar e arrebatando o telefone da prateleira, para chamar um homem do motel que soubesse apertar os botões certos e dar um fim ao vergonhoso transe.

O colega veio todo cheio de chinfra e falando difícil, mas acertou tudo, a cama parou, ele deu umas instruções que eu tenho certeza de que a zebra do Saqualulu não entendeu, embora pelo menos, Deus seja louvado, desistisse de mexer nos botões. E, olhando para o relógio, disse que as damas iam chegar dentro de meia hora e, portanto, tínhamos mais era que esquecer os pequenos contratempos e fazer a cabeça para a festa apropriadamente, bem como ajustar o corpo e a ideia para os repuxos que nos aguardavam. Íamos abrir com um coquetel chamado Adeus, que ele fazia questão de preparar pessoalmente. Desta feita usaria a coqueteleira Ana Bolena, que tem o nome e a forma de uma rainha antiga, a qual vem a se tratar de uma das mulheres de quem o rei Henrique Otávio fez questão de ficar viúvo e por aí eu já devia ter me precatado, mas falhei em prestar atenção aos avisos de meus santos e nem apertei minha medalhinha de Nossa Senhora do Perpétuo Socorro, falha que nunca vai ser possível perdoar. Juntando dois mais dois, que sempre dá quatro, beber um coquetel intitulado Adeus, misturado numa cabeça cortada, mesmo que seja assim de escultura, não pode anunciar coisa muito boa. Verdade é que somente hoje é que eu sei que esse coquetel Saqualulu aprendeu a fazer com Betão, garçom do

Vala Comum, e deixou de ser servido lá porque lhe atribuíam a morte ou aleijamento de vários e diversos fregueses, mas Saqualulu aperfeiçoou a combinação, trocando a cachaça por vodca russa, o conhaque por conhaque francês, o licor de cereja por licor italiano e o gim por gim inglês, acrescentando um cálice de vinho do Porto para suavizar o gosto e realçar a cor, além de um toque secreto, que ele não revelava a ninguém, mas circulava que era o acrescentamento de um jack daniels de não sei quantos graus. Por cima do esquecimento das lições da vida e da falha em prestar atenção, cometi um erro atrás do outro e, quando as damas chegaram, já tinha entornado dois adeuses e estava para começar o terceiro, sem notar que tinha deixado de raciocinar desde o primeiro. Errei em não praticar a filosofia ministrada por doutor Camilo e fui traído pela usura em bebidas estrangeiras, que o bolso do trabalhador não alcança mas o bico cobiça, deixei de lado a precaução e nem levei em conta que devia ser depois que ingeria esse mencionado coquetel que Saqualulu se desconjuntava todo e aparecia de madrugada, para vomitar nos canteiros do edifício. Dessa maneira, acabei fazendo uso e abuso do coquetel, cujo uso já é um abuso que atinge todo o indivíduo, do semblante à personalidade. O efeito já foi descrito por doutor

Chaguinhas, sobrevivente dos bons tempos do Vala Comum, como um cracatoa estourando na cabeça, Cracatoa sendo o nome de um vulcão também da antiguidade, o qual, quando explodiu, dizem os cientistas que passam na televisão, foi igual a umas seis a doze mil bombas atômicas com um pavio só e quase afunda o mundo todo nos oceanos para sempre, não perdoando os dinossauros e deixando apenas os egípcios, hebreus, gregos e romanos na Europa, o resto vindo somente depois deles. Pois muito bem, deve estar para nascer egípcio, hebreu, grego ou romano antigo que consuma dois adeuses sem incorrer numa perturbação geral, três adeuses sem ter mais certeza do que se trata ele, e quatro adeuses para, como recitava o poeta, a completa privação dos sentidos, não havendo registro de cinco adeuses, nem mesmo nesses bons tempos do Vala Comum. No comecinho, o gosto é estranho, mas nunca me esqueci do finado Robespierre, em minha terra, homem muito viajado e esclarecido, mostrando que o ignorante ignora até mesmo o que apreciar, necessitando sobremaneira, dizia Robespierre, dar educação ao paladar. Então eu, que nunca tinha tomado conhaque francês, nem gim inglês, nem licor italiano, nem vinho do Porto do Porto, não ia deixar de estranhar tantos sabores e cheiros novos, tão de bolo atropelando minhas papoulas gustativas e narinas olfativas, mas tampouco podia desperdiçar a oportunidade de educar o paladar, devido a que, se ficasse por minha conta, essa educação com certeza ainda ia ter muito que aguardar, isso se um dia chegasse. Mas não acredito que tenha dado tempo para o efeito educativo, porque minha usura não acabou no primeiro, mas até aumentou, com os olhos se molhando, o estômago tomando um baque, as orelhas esquentando e a cabeça se acendendo e, quando Saqualulu acabou de bater a Ana Bolena com o adeus seguinte dentro, o primeiro da fila era eu.

  É por esse gesto, pode se dizer que tresloucado, que não sei direito como foi tudo, o que foi antes, o que foi depois e até mesmo o que foi mesmo e o que não foi, considerando que o adeus abole completamente a distinção entre passado, presente e futuro, tanto assim que não há caso de uma criatura de Deus que tenha tomado três e se lembre de onde esteve ou de como voltou para casa, ou mesmo se está em casa. Eu já com o terceiro na mão e pronto para dar o primeiro gole nele, as seis damas entraram, com dona Regininha na frente, usando um saião grosso que ela sacudiu para a frente com uma risada, quando foi apresentada a mim e a Demostes e deu dois beijinhos meio na boca de cada um. Daí apresentou as duas paulistas muito loucas, Silvana e Adelaide, fez uns três rodopios, pediu para aumentar o som e o resto não sei mais direito, fica me fugindo, podendo ser que tenha aí mesmo começado o Zirra-Zirra. Ao alegar que não sei bem o que é o Zirra-Zirra, nem sequer se é o nome de um mestre chinês ou japonês da chibata e da porrada, posso correr o risco de passar por leso da mentalidade, porque, afinal, tenho praticamente certeza de que participei do Zirra-Zirra, embora filosoficamente reconheça que não se pode ter certeza de nada neste mundo, pelo que, aliás, devemos agradecer a Deus e à filosofia. Tudo o que eu sei mesmo é que não quero chegar nem perto de mais nenhum Zirra-Zirra em toda a minha existência. Quando eu dei pelos acontecimentos, já estava vestido de carrasco Zirra-Zirra, de capuz cobrindo até o nariz, com uma chibata de muitas pontas numa mão e um machado de plástico na outra, correndo atrás da cachorra escrava Zirra-Zirra, essa que chegou atendendo como a paulista Silvana e devia ser a mais louca das paulistas muito loucas, e minha lembrança do Zirra-Zirra é ela fantasiada de cachorra e fazendo cain-cain com o traseiro virado para mim, visando a finalidade de ser chibateada.

Mesmo entre os homens letrados, há vários e diversos que não dão valor à filosofia e acham que o filósofo é aquele que nada quer na vida, a não ser filosofar às custas de algum sogro, reclamar de tudo, distribuir sorrisinhos de desprezo e fazer cara de penalizado quando os outros falam. Já quem não está por fora e tem a filosofia na mais alta conta e eu, que não sou sábio mas procuro acompanhar os bons exemplos, acho firmemente que não pode haver coisa mais importante que a filosofia, visto que a grande filosofia orienta na vida, consola o abatimento e dá a explicação necessitada. Ou pelo menos as dúvidas necessitadas, pois o bom da filosofia é que se pode duvidar de qualquer coisa filosoficamente, até de que os outros existam mesmo se pode duvidar, é só querer. Doutor Camilo é das poucas pessoas que fazem comentários filosóficos comigo e devo a ele muito, mas o resto devo a minhas leituras e às minhas observações e, nesta hora, me vejo forçado a recorrer à filosofia, ou recorro ou me recolho. Minha primeira consideração filosófica é que ninguém sabe nada e o amarelo que um vê pode muito bem ser o azul que outro vê. Minha segunda consideração filosófica é que o passado já foi e o futuro ainda não é, portanto nenhum dos dois existe, cada pessoa inventa os que quiser. Qualquer um, no meu lugar, deve usar as mesmas armas filosóficas, para prevenir a aporrinhação.

Nessa questão dos acontecimentos a partir do Zirra-Zirra, a filosofia é muito importante, pois o que uns lembram não é o que outros rememoram e tudo tem que ser compreendido filosoficamente. E de fato minha memória só recomeçou pouco antes do amanhecer da segunda-feira, a suíte parecendo que tinha saído de uma guerra de alemão contra japonês, todo mundo destroçado e despencado, Adelaide com uma algema pendurada no pulso e Saqualulu vestindo uma espécie de cinta-liga preta, todo estatelado. Só lembro como se fosse os melhores momentos de uma transmissão de futebol, mas no caso são todos piores momentos. Quais são os fatos? Não consigo manter nada na ordem, mas é fato que se deu o trágico momento em que descobriram que a paulista Silvana era travesti, travesti muito bonita, mas com todos os equipamentos masculinos. Participantes? Eu não fui nem sei dizer quem foi, e desminto qualquer coisa que disserem. Outro fato? Doutora Lúcia Teresa, depois de rolar pela cama com um homem mais dona Regininha, resolveu dar um pau em dona Regininha, deu e dona Regininha revidou e foi uma porradaria que durou um tempão, até que elas fizeram as pazes e rolaram novamente na cama, só que desta vez sem o homem. Participantes? Também não sei dizer. Mais outro fato? Lá pelas tantas, um dos homens gritou que enfiaram um negócio nele, aproveitando que ele estava entretido em realizar um sexo oral sortido com duas damas. Participantes? Não sei dizer, ignoro. E mais fatos e mais fatos eu podia registrar, só que desconheço os participantes.

Na segunda-feira, tanto eu quanto Demostes aparecemos atrasados para o serviço, mas ninguém notou, a não ser doutor Camilo, que no dia seguinte perguntou onde era que eu estava, na hora da saída dele para o calçadão. Eu não consegui deixar de fazer uma cara envergonhada e ele mais uma vez botou a mão no meu ombro e falou como um pai que já estava adivinhando o que tinha se passado. É isso mesmo, disse ele, mas esqueça tudo. Pode ter certeza, disse eu, e também nunca mais esqueço que o leigo não deve se arriscar. E é justamente nisto que estou pensando agora, quando aparece Cícero, porteiro do 620, puxa papo e me pergunta o que é que eu fiz no sábado.

— Sábado? Que sábado? — disse eu.

O cachorro Falafina e seu dono Dagoberto

Nada tenho contra aquele que pratica a veadagem e creio que esse ponto de vista é fruto de grande ignorância. Somente os ignorantes é que alimentam raiva da veadagem, porque desde que o mundo é mundo existem grandes homens veados e todo dia se descobre um que ninguém sabia que era veado, mas era. Se a pessoa for buscar dentro da História, vai encontrar uma veadaria sem fim e não tem um desses grandes homens que de vez em quando alguém não apareça para provar que era veado, pelo menos veado nos fins de semana, feriados e dias santos, como temos muitos hoje em dia. Pelo que me contam e pelo que dizem os livros, Alexandre Rei da Macedônima, que conquistou o mundo, era veado, era veado o famoso imperador Júlio César, que mandava no mundo, era veado o valentíssimo rei Ricardo Coração de Leão, que baixava a porrada em quem dele discordasse, era veado Leonardo dela Vinci, que inventou todas as máquinas e alisou a Mona, eram veados os gregos antigos, notadamente os filósofos e poetas, sempre foi enorme a veadagem na França e na Inglaterra e se propala que, no grande estado do Rio Grande do Sul, que por sinal todo mundo diz que é muito belo e um dia eu pretendo conhecer, a taxa de veadagem é sobremaneira elevada, dado que eles lá são tão machos que a machidão transborda e resulta nessas consequências que nem a ciência explica. Todos os artistas, de todos os ramos, vão desde frescos a aveadados e daí a veadões, faz parte da vocação artística. Além disso, trago sempre em mente o que me disse uma certa feita um veado renomado em minha terra, finado Cidinho Caçapa, que aliás era por todos benquisto e acatado e, desde a mocidade até a velhice, sempre soube recompensar com generosidade a juventude que lhe dava atendimento. Ele me disse meu filho, me compreenda uma coisa, a qual coisa é a seguinte: é que todos os que parecem ser, são; e muitos que não parecem também são. Se alguém lhe disser o contrário, é porque ele também é veado, o mundo está cheio desse modelo de veado, não se engane.

Antigamente, o veado era mais maltratado e até para dar abrigo a ele a pessoa corria risco, porque podia pegar fama de veado também. Hoje em dia, eles ainda padecem bastante, mas nem se compara a antigamente. Aqui mesmo nas redondezas, contamos com uns cinco veados muito boa gente, que cumprimentam todo mundo e todo mundo respeita e estima, como seu Waldir da Humberto de Campos, esquina com a General Urquiza, uma flor de pessoa. Quando o namorado dele rompeu um caso de mais de doze anos e ele ficou inconsolável, todos recearam que se suicidasse e ele recebeu visitas de solidariedade e desagravo pelo golpe sofrido, além de vários abraços, ali mesmo na rua. Ele chorava bastante, mas acho que fez bem a ele, porque, dentro de dois meses, já estava em circulação novamente e noivando a sério com um novo amor. Temos Marcelão da Zé Linhares, que luta caratê e é porradeiro, mas não bate em morador do bairro, só bate de Ipanema para lá e também, no fundo, é bom sujeito. Temos Rebeca, que ninguém chama pelo nome dele verdadeiro de Agenor, desta rua mesmo, que é travesti aposentado e mora num apartamento pago por um português do Méier que só aparece de quinze em quinze dias e entra no prédio de óculos escuros e a cabeça afundada num boné, para visitar ela. Temos Betinho da João Lira, conhecido também como Cocada ou Cocadinha, que é desmunhecado sem concorrente e muito festeiro e já foi carnavalesco de uma porção de blocos, até em Copacabana. E por aí segue, todos meus camaradas de bom-dia, boa-tarde e como vai, todos eleitores e sem ficha na polícia, todos, por assim dizer, gente fina, me dou muito bem com eles, nunca me dei mal com nenhum.

  Claro que com isso tudo não quero dizer que sou adepto da veadagem. Muito antes pelo contrário, fico gelado e horripilado só de pensar em me encostar num homem nu, ou dar beijos na boca, como hoje é moda até na televisão. Contatos verdadeiramente veneriais eu nem consigo imaginar. Comigo não, é bom que fique bem explicado. Nem tampouco sou partidário de certas últimas modas, como por exemplo o veado se achar melhor do que os que não queimam a rosqueta. Também se comenta que estão querendo criar a carteirinha de veado para passar na frente em qualquer fila e pagar meia no cinema, igualmente não está certo, assim como não está certo que o veado vá além da veadagem, abrace o veadismo e queira converter todo mundo à sua preferência, tornando a veadagem obrigatória e ensinada na escola. O certo é a justiça. Quem tem seu bom fiofó que dê para quem quiser, não é da conta de ninguém, se feche em seu quarto e se atoche à vontade. Quem gosta de trançar bigode com bigode que prossiga na sua trajetória, bom proveito, bigodinhos e bigodões em seu futuro. Mas ser melhor do que eu e querer que todo mundo se converta à veadagem, aí não é justo nem certo. Não é por ser veado que o indivíduo vai ser melhor ou pior do que ninguém, isso ele tem de provar é na vida. O veadismo é como o mulherismo e o negrismo, não leva a nada, só a bate-boca. E, se não procuro intimidade com veados, não é por ser contra eles, é porque não quero cair na boca do pessoal e não quero que nenhum deles tome proveito da intimidade para me patolar, mas trato com toda a educação e não adoto nenhuma distinção de tratamento entre o veado e o normal, para mim todo mundo merece respeito e a cortesia faz parte de minha profissão e da minha natureza.

Portanto, posso afirmar de boca cheia que, quando falo em seu Dagoberto, falo sem achar nada demais que ele seja veado, que todo mundo sabe que ele é. Ele podia ser veado e não valer nada, mas a grande verdade é que se trata de excelente pessoa, sempre amável, sempre disposto a fazer um favor ou uma caridade, sempre com um sorriso para todos. É muito educado, pede licença, pede por obséquio, diz muitíssimo obrigado e gratíssimo, manda lembranças, não esquece aniversários, os bofes que leva para casa nunca causaram problema, ninguém pode falar isso assim dele. É querido por todos no 820 aqui da rua e me diz Patrocínio, meu colega de portaria de lá, nunca deixa passar um Natal ou Páscoa sem dar um agrado aos servidores do edifício, sendo que o Natal é duplicado, porque 23 de dezembro é o dia de São Dagoberto, santo padroeiro dele, que ele diz que é um santo importantíssimo, pai de duas outras santas e rei da Austrália muito admirado. A imagem de São Dagoberto é ele segurando um prego enorme, de maneira que seu Dagoberto todo ano sorteia um preguinho de ouro entre os porteiros da vizinhança, que eu ainda não ganhei, mas um dia desses vou ganhar. Ele mora sozinho e, além da empregada que só vai lá das oito às quatro, a companhia dele é um cachorro grandalhão, por nome Falafina. O nome correto do cachorro é Boy, mas todo mundo só chama ele de Falafina, devido a que todos se espantam ao presenciar aquele cachorrão latindo, porque é um latidinho fininho que parece mais de um luluzinho aporrinhado, dos que dá vontade de jogar pela janela. A pessoa vê aquele bicho deste tamanho, espera um au-au de respeito e o que sai é um ai-ai esganiçado, quase um gritinho de senhora. No princípio, comentou-se que esse latido amaricado era porque, tal dono tal cachorro, Falafina era falso ao corpo também. Logo porém se viu que não era nada disso e, se todo o Baixo Leblon não estivesse aí por testemunha, a biografia desse grande cachorro não dava para acreditar. Todos pelo menos já ouviram falar de afamados heróis cachorros e respeitados cachorros caçadores, artistas de cinema, soldados, sentinelas, vaqueiros e detetives e já vi muitos filmes deles, mas nunca vi nada que se compare a Falafina, o qual merecia reportagens na televisão, medalhas de inteligência e diplomas por merecimento.

 Desconheço a raça de Falafina, porém está se vendo que ele até pode ser mestiço, mas não tem baixas origens, devendo ser, como já me disseram, o resultado de uma união proibida entre uma cadela de finíssima raça estrangeira, detentora de um pedigri dos mais importantes do Rio de Janeiro, e um anônimo. Essa cadela fugiu de casa e, antes de ser encontrada pelo dono, manteve conjunção carnal com todos os cachorros soltos do Jardim Botânico, não se podendo assim precisar a filiação por parte de pai, mas, se foi vira-lata, deve ter sido um vira-lata malandro, esperto e vivedor, que passou para Falafina suas invejáveis qualidades, o que quer dizer que, do lado da mãe, Falafina herdou sangue nobre, refinado e educado pela própria natureza e sangue safo, ligeiro e inteligente por parte de pai, felicitosa combinação desde o berço, de que poucos cachorros podem se gabar. Contudo, o dono da cadela não percebeu as coisas por este ângulo e ficou bastante indignado com a má conduta dela, a vergonha que ele passou junto aos outros criadores e os prejuízos para a reputação dela, tanto assim que ela não somente foi deportada para a fazenda dele e degredada para sempre, como doravante só podia se relacionar com cachorros da inteira confiança dele, fossem uns merdas ou não fossem, com ele não tinha esse negócio de direitos humanos. Os filhotes ele botou num cesto e foi dando a quem passava — e quem justamente passou primeiro foi seu Dagoberto, que não sabia naquela hora que era seu santo lhe dando o maior presente da vida, qual seja o da amizade com o cachorro Falafina.

A infância de Falafina, pelo que eu sei, embora não tenha acompanhado mais de perto, foi como a de qualquer cachorro aqui do Leblon, saindo de manhã para as necessidades, cheirando um poste ali e um banco acolá, aprendendo a esperar o sinal de atravessar e a ficar sentado junto do dono ali nas mesinhas das calçadas da Ataulfo e levando essa vida de cachorrinho de família mesmo, ninguém podendo prever o prodígio que ia surgir. Já seria prodígio ele responder, com um latidinho só e uma abanada de cabeça muito cortês, a todos os cumprimentos que lhe dirigem e se comportar como uma pessoa de fino trato, vendo-se o deneá da mãe em suas maneiras fidalgas. Já seria prodígio ele levar e trazer encomendas segurando pela boca. Já seria prodígio ele conhecer e se dar com todos os moradores da rua, sendo particularmente gentil com as crianças e idosos, parando sempre para eles passarem, só faltando dizer o aprevumadame, que doutor Camilo me ensinou. Isso e muito mais, que ele faz todos os dias, já seria prodígio, mas outros cachorros podem se rivalizar nesses terrenos mais difundidos, enquanto os prodígios de Falafina não têm e não podem ter rival.

Não se sabe bem quando começou, mas a vizinhança deu para notar e comentar que, toda vez que seu Dagoberto saía com Falafina de tarde ou de noite, era certo que voltasse com um rapaz para lhe fazer companhia. É claro que podia ser coincidência, mas não era. Justamente nessa altura, Patrocínio me encontrou na feira de São Cristóvão e me historiou as novidades, ele mesmo não tinha acreditado, mas era fato, o fato dos fatos. Você é o primeiro que estou contando isto, disse Patrocínio, eu descobri que Falafina é que seleciona os fanchonos de seu Dagoberto e isso já faz tempo. Cachorro não entra em boate, mas ele conhece todo o pessoal que trabalha nas boates que seu Dagoberto frequenta, dos gerentes aos seguranças e porteiros, e fica por ali como quem não quer nada, deitado com o queixo no chão, tudo acompanhando com os cantos dos olhos, tudo farejando com as ventas abrindo e fechando, tudo escutando com as orelhas viradas na direção certa. Vão entrando os fregueses e ele vai avaliando um por um. Quando aparece um que ele aprova, chama o porteiro a quem seu Dagoberto já deu uma gruja adiantada, o porteiro vai lá dentro e mostra o indigitado a seu Dagoberto e recebe nova gruja, seu Dagoberto pode. Não falha nunca, conta Patrocínio, com os olhos arregalados de admiração, ele não erra uma. Seu Dagoberto nem se preocupa mais em olhar em redor, nem em dar um bordejozinho pela boate. Senta quieto, fica na dele, aguarda a indicação de Falafina e é tiro e queda, pois o instinto caçador do bicho, uma das sétimas maravilhas da Natureza, se apurou para apontar o bofe certo na hora certa e nunca mais seu Dagoberto teve aborrecimentos de escolha incorreta de companheiros de leito. E, se por acaso seu Dagoberto arrumar algum candidato lá dentro e for até a porta com ele e Falafina conferir e der quatro latidos ligeiros, um atrás do outro, sem abanar o rabo, seu Dagoberto percebe que é uma advertência e acha um jeito de desfazer o programa.

Se seu Dagoberto ia tomar chocolate de tarde na Ataulfo e chamava Falafina para ir com ele, era porque a caça era de dia, que antes de Falafina quase nunca dava certo. Os porteiros aqui observaram tudo e de vez em quando um fazia uma reportagem, de formas que eu sei todo o geral e o particular. Falafina, com uma cara sonsa e uma espécie de risinho cínico que só cachorro safado sabe dar, ia no passo do dono, chegava, se embarafustava para baixo da mesa, deitava de barriga, esticava o rabo e encostava o queixo no chão, numa pose parecida com a que fazia nas entradas das boates, às vezes fingindo que estava dormindo, porém acordadão da silva pereira, ali na espreita da tocaia. Quando chegava um bom candidato, ele abria os olhos, fungava forte e levantava a cabeça, com as orelhas se mexendo. Tudo sinais muito discretos, para não chamar a atenção de ninguém, mas seu Dagoberto já estava no aguardo e logo notava quem tinha chegado, que podia também ser um velho conhecido ou um casinho do passado, conforme. Aí, se interessasse e ele pudesse fazer a abordagem, a coisa ia em frente, sendo que não se pode esquecer a certa feita em que esse cachorro sem par soube oferecer adjutório de emergência ao dono, num momento de paixão inesperada e desesperada, quando o apontado foi um surfista negão louro de bem um metro e noventa, modelo mais que favorecido pelo gosto de seu Dagoberto, numa mesa da esquina da General Artigas com a Ataulfo, em frente à banca de jornal de Salvatore, que por sinal também testemunhou todo o completo sucedido e pode atestar minha veracidade. Assim que seguiu o apontamento de Falafina e botou os olhos no dito jovem, seu Dagoberto quase engasga com o chocolate e deu para se notar pela fisionomia que o coração disparou, o fôlego encurtou, a cabeça tonteou, a mão sacolejou e a perna bambeou, mas ele não acertava a como chegar ao objetivo e o tempo passando e o rapaz já no meio do lanche e ele cada vez mais aflito pela perda de seu negão que talvez nunca mais voltasse e só faltando chorar e aí foi quando o grande Falafina notou a situação premente e entrou em ação, saindo de baixo da mesa mais que acrobaticamente, ficando em pé com o traseiro voltado para a mesa do rapaz e dando uma rabada no copo de suco de laranja dele, que caiu no chão e quebrou. Pronto, num instante seu Dagoberto pegou a deixa e já estava em pé junto ao surfistão, perguntando se a camisa ou o colo dele tinham se molhado, passando a mão, apertando o ombro, oferecendo um guardanapo, pedindo mil desculpas, fazendo questão de pagar outro lanche e fingindo que brigava com o cachorro. E então, conversa vai, conversa vem, o menino cai na sua bela cantada de fundo pecuniário e se ergue mais um troféu na galeria de seu Dagoberto, com gol de craque de Falafina, quase nos descontos.

Mas, se bem que os bofes de seu Dagoberto, mesmo antes de Falafina, nunca tivessem criado problema aqui, sempre é natural a preocupação com os senhores veados, porquanto muitos deles sofrem ferimentos e contusões no exercício de sua arte, da parte de elementos desqualificados e, quanto mais velhos eles ficam, mais esses elementos atuam contra eles. A mesma coisa podia acontecer com seu Dagoberto, uma bela noite nesta vida. Quem vê cara não vê coração, as aparências enganam, nem tudo o que reluz é ouro, nem todo branco é farinha, quem bem quer só vê o que quer, cara de mel, coração de fel e demais avisos que nos vêm dos antigos, para alertar contra tomar as pessoas pelo que parecem e confiar de primeira. Falafina era uma garantia para certificar os bofes, mas ele mesmo não confiava totalmente nessa primeira garantia e dava garantia dupla, porque fazia questão de passar a noite no quarto de seu Dagoberto quando ele recebia visitantes, embora olhasse para o outro lado ou fingisse novamente que estava dormindo, quem fosse besta que acreditasse. Fechava a cara, cortava intimidade com todos, rosnava quando algum lhe passava a mão e, por mais que um deles pensasse em criar confusão, ia pensar umas dez vezes, ali com aquele cachorrão de pouca disposição para amizades, a cuja bocarra era capaz de ingerir a cara de um vivente numa só mordida.

Mas nesta vida chega o dia de tudo, tem sempre uma primeira vez, o mundo dá muitas voltas, não há bem que nunca se acabe, a flor floresce e depois murcha e a maré enche e depois vaza. Assim, por conseguinte, se deu que Falafina, talvez num dia de estresse ou depois de outra noite maldormida, cometeu seu primeiro e único grande erro, o qual hoje se sabe que foi Augusto César, o namorado que seu Dagoberto arranjou num inferninho da avenida Atlântica, não indicado, mas aprovado por Falafina, que nessa noite devia estar resfriado e com o focinho entupido. Errar é humano e Falafina é cachorro e cachorro não costuma errar, mas nesse caso tem que se relevar e levar em conta que uma folha de serviços como a dele não é para todo mundo. Patrocínio me disse que esse Augusto César chegou normalmente numa madrugada de quinta para sexta, na companhia de seu Dagoberto e de Falafina e ninguém notou nada demais, nem mesmo que esse Augusto César, diferentemente dos outros, só saiu na manhã da segunda-feira. Passa algum tempo e toda noite Augusto César dorme lá, até o dia em que parou embaixo do prédio uma kombi com os bagulhos dele, que se amancebou com seu Dagoberto e se mudou para o 820. Até aí tudo certo, mas, uma semana depois, seu Dagoberto procurou Patrocínio e perguntou se, em troca de uma boa gratificação, além de todas as despesas pagas, Patrocínio não ficaria cuidando de Falafina, enquanto ele fazia uma viagem de quinze dias à Argentina na companhia de Augusto César e estamos todos sabendo que era uma viagem de lua de mel num cruzeiro de navio, mas ninguém falou nada. Muito bem, Patrocínio topou e então se iniciou o doloroso martírio do pobre Falafina.

Nos primeiros dias, ele não queria comer e passava os dias junto do torneirão da garagem, com o beiço pendurado e os olhos molhados. Quando saía com Patrocínio para passear, só dava um latido no portão para limpar a garganta, na rua não respondia mais aos que lhe dirigiam a palavra e mal se interessava em cheirar um cantinho ou outro, no caminho. Depois, voltou a comer, mas o desgosto não deixava que ele almoçasse mais que um bocadinho, somente para não morrer de fome mesmo. E meu coração e o de Patrocínio se partiram, no dia em que ele começou a pular e a sacudir o rabo de alegria, porque ouviu a voz de seu Dagoberto chegando do cruzeiro. Mas seu Dagoberto não foi até ele e subiu direto para o apartamento, onde passou dois dias, sem aparecer aqui embaixo. Quando finalmente deu as caras, fez uns agrados no bicho muito do sem graça e confessou a Patrocínio que seu amigo Augusto César tinha uma espécie de ciúme de Falafina e não gostava nada dele. Claro, não iria livrar-se de seu esplêndido cachorro, não era um ingrato, mas se encontrava numa situação difícil, um dilema muito desagradável. Falafina ainda ia voltar a ficar com ele no apartamento, mas algumas coisas iam ter que mudar, como, por exemplo, aquele negócio de dormir em seu quarto, aquilo havia de fato acostumado o cachorro muito mal. Mal-acostumado, aliás, era o que se podia mais dizer desse cachorro, bom cachorro, mas mal-acostumado. E falou todos esses e mais outros desdouros na frente do infeliz animal, que compreendeu tudo e, me contou Patrocínio, ficou com a cara mais triste do que viúva de pobre, uma coisa que dava pena de se presenciar.

Ser posto para fora do quarto onde sempre passou a noite foi uma profunda humilhação para Falafina e a maior desconsideração que podia receber, depois de ter cumprido o seu dever com tanto espírito de sacrifício, sem jamais dormir no ponto e sempre capaz de dar a própria vida pelo seu dono, mas a adversidade não parou por aí, sendo o destino, quando quer, tão cruel com cachorros quanto é com gente, cada vivente carrega o seu fardo. E assim se deu que seu Dagoberto deixou de sair com ele de noite e pouco saía de tarde, com o resultado de que ele passava as noites em claro e sem parar quieto um minuto, com certeza, coitado, sentindo dorida falta da boemia a que estava acostumado desde um ano de idade, era um cachorro da noite. E, nas raras vezes em que ia para a hora do chocolate, Augusto César ia junto e ele ouvia sempre que era um cachorro xexelento, que ninguém sabia o que era que seu Dagoberto via nesse cachorro nojento e que deviam vender esse cachorro sarnento para uma fábrica de sebo — e o que mais doía era que seu Dagoberto nunca fazia nenhuma defesa, só ficava calado ou mudava de assunto, mas não pronunciava uma palavra em favor de seu velho companheiro de quatro patas, que tantos bons serviços tinha lhe prestado sem nada almejar em troca, senão um prato de comida, uma frase elogiosa e um carinho. Como avisou o poeta, a mão que afaga é a mesma que apedreja e não se podia negar que seu Dagoberto agora jogava pedras em Falafina, falando mal dele sem se incomodar com sua presença e escutando dichotes e calúnias contra ele, sem nem um pigarrinho de protesto.

 E de desdita em desdita seguia a vida de Falafina, cada dia apresentando um novo padecimento. Além dele não sair mais de noite, quem passou a cuidar dele foi Patrocínio e seu Dagoberto deu para levar semanas sem ver seu cachorro, agora murcho, cabisbaixo e carecendo de alegria de viver. Patrocínio e eu até chegamos a pensar em pedir a seu Dagoberto que nos desse o infeliz, que estava acostumado conosco e a gente podia dividir as despesas, porém pensamos melhor e resolvemos desistir, porque ele já tinha se especializado, era conhecido e respeitado farejador de bofes, o comprometimento dele já era grande, a imagem já estava feita, podia render grande número de mal-entendidos. E estava muito tarde para ele aprender novas atividades, pois trocar de profissão não é fácil como pode parecer, principalmente depois de uma certa idade, sabendo-se que Falafina não é idoso, mas também não é mais nenhum neném. De maneiras que, sem que se visse outra saída, quem olhasse assim ia dizer que o fim de Falafina por desgosto estava chegando e já se esperava que, em poucas semanas, ele ganisse o seu adeus e fosse para o céu dos cachorros. Mas estão redondamente enganados todos os que sustentam que o cachorro não raciocina, porque hoje se vê que Falafina estava raciocinando o tempo todo, desde que se viu nesse triste transe, seu lado nobre não aceitando o desrespeito e seu lado malandro não aceitando sair de otário em toda essa conjuntura, seus neurônios cerebrais rodando em regime de hora extra para retificar a situação. Quando dona Dalva, a empregada, estava no apartamento, ele dava um jeito de ficar lá, na ausência de seu Dagoberto. Diante de dona Dalva, que é uma senhora de certa idade por todos aqui tratada com respeito, Augusto César não tentava dar uma vassourada nele, só xingava mesmo e ele não ligava e deitava no chão com cara de inocente, mas tomando nota de tudo na cabeça e engrenando uma quinta no raciocínio. É aí que eu digo e às vezes converso com Patrocínio, sem chegar a uma conclusão. Qualquer um vai dizer que não é possível que Falafina saiba ler, porque ninguém ensina cachorro a ler, mas quem sabe se ele não aprendeu sozinho, quem pode provar? Não digo ler um livro ou um jornal, que isso já é para poucos, mas um cartaz, um rótulo, um número de casa, um bilhetinho curto, nisso eu acredito piamente e ninguém me prova o contrário. Na minha opinião, no dia do desmascaramento, Falafina leu o endereço no envelope que veio a dar no desenlace de todo o grande drama. Leu, raciocinou, juntou dois mais dois, deu quatro outra vez e ele partiu para a decisão, num gesto que demonstrou mais uma vez inteligência, bem como muita coragem, disposição e a cara de pau necessária aos grandes gestos.

No dia do grande lance, ele viu, deve ter sido pela segunda, terceira ou até quarta vez, porque o bom malandro carioca não vai nunca de primeira, a seguinte passagem: Augusto César escrevia uma carta num papel cor-de-rosa, pingava uma gotinha de extrato no papel, dobrava tudo e enfiava num envelope endereçado ao ilmo senhor Bruno B. Dantas, residente no bairro de Laranjeiras, nesta capital. Aí — gigantesco erro colossal da parte dele, que pagou penalidade dura por subestimar o adversário, no caso o tremendo Falafina, que um dia o mundo todo vai admirar — deixava o envelope na mesinha junto do sofá da sala, ia lá dentro, vestia a camisa para sair, voltava, beijava o envelope, apertava no peito e botava no bolso, para ir ao Correio. Nessas ocasiões em que ele estava lá dentro, Falafina se levantava ligeirinho e passava os olhos no endereço, providência que de fato eu nunca testemunhei pessoalmente, mas tenho certeza de que foi o que se deu. Era sempre o mesmo endereço e a mesma frescurada toda, na hora de sair para mandar a carta, tendo sido esse o dois mais dois que Falafina juntou e aí resolveu aguardar a carta seguinte para executar seu plano tático estratégico. Chegou a hora, ele conferiu o endereço no envelope, sentiu o mesmo perfuminho que das outras vezes e, quando Augusto César saiu, entrou junto no elevador, sem ligar para os gritos de passa fora e pulgueiro do inferno e sem se abalar um centímetro na hora em que foi empurrado, até que o elevador fechou de uma vez por todas e eles acabaram descendo juntos. Augusto César disse que não ousasse sair com ele e Falafina pareceu que nem era com ele, olhou para Patrocínio, se abancou num degrau da entrada e bocejou como quem não quer nada, enquanto Augusto César partia para a Antero de Quental, em busca do Correio. Mas foi somente ele dobrar a esquina da Ataulfo para Falafina dar um pinote e sair em meio trote atrás dele, procurando se esconder ao máximo entre os passantes, para a perseguição não ser notada. Quando Augusto César já tinha atravessado a praça para entrar no Correio, Falafina disparou de lá como um foguete e se jogou nas costas do sacana, com suas quatro patas e seus mais de cinquenta quilos. O xibungueta caiu de cara na calçada, ao que, mais rápido que um corisco, Falafina abocanhou a carta largada no chão e saiu disparado de volta ao edifício.

Dizem que, na Inglaterra, mais ou menos nesse tempo do rei Henrique Otávio, amizade de Rodriguinho Saqualulu que não quero lembrar, havia um homem do drama e da comédia por nome Chico Pires, que é nome de paraibano mas no caso é de inglês mesmo, o qual escreveu todos os grandes dramas trágicos e comédias cômicas da Humanidade, melhor do que todos os que vieram antes e iam vir depois. Desconheço essas obras, que pretendo ler um dia e por enquanto não li, mas, pelo que me ensinaram, somente esse inglês é que tinha condição de contar todo o episódio em suas completas minudências, por lhe sobrar substantivação, adjetivação e adverbiação, que um indivíduo com pouco estudo não consegue alcançar e, mesmo com estudo, a maioria quebra a cara, ora se ferrando com a crase, ora se equivocando na conjugação, ora sem acertar a palavra que deve empregar. Só um Chico Pires para contar a hora em que Falafina chegou esbaforido com a carta na boca, mas sem babar o envelope, e ficou rodeando Patrocínio para lá e para cá, com o rabo abanando e dando pulinhos, até que Patrocínio compreendeu que ele estava pedindo para subir com urgência. Seu Dagoberto tinha chegado antes do fim do expediente e já estava em casa, mas sem Augusto César, de forma que ninguém ia criar caso com a presença de Falafina e aí Patrocínio foi com ele até o apartamento.

  Ninguém, a não ser dona Dalva, viu o que aconteceu, mas acabou se sabendo de tudo, porque um sabe disso, outro daquilo, outro daquiloutro e acaba se juntando a colcha de retalhos. Seu Dagoberto pegou a carta, olhou o envelope, sentiu também o cheiro e espiou o remetente, justamente um certo A. C. Duarte, caixa postal tal e tal, que vem a ser o tal Augusto César que se amasiou com seu Dagoberto jurando eterno amor. Perguntou a dona Dalva se ela sabia de quem era aquela carta e ela respondeu que não estava entendendo nada, porque era um envelope que ela tinha visto Augusto César levar, certamente para o Correio. Aí é que tinha de entrar Chico Pires e sua banda teatral, para tudo retratar em finos traços, porque seu Dagoberto leu a carta, tremeu de cima a baixo, sentou na poltrona, pôs a mão na testa, leu de novo, soltou uns dezoito ais, cada um mais alto e sentido do que o outro, perguntou a Deus o que ele tinha feito para merecer tamanho castigo, São Dagoberto não lhe dava socorro nem consolo, era a morte, era a morte, era o fim, o fim de tudo, o mundo afogado pela desilusão e envenenado pela traição.

  Razão não faltava a seu Dagoberto, para tanto gemer e prantear, pois que foi apunhalado no coração pelas costas e o conteúdo dessa carta, que ele mesmo mostrou a vários e diversos por aqui, só pode causar grande consternação e ofensas ao pudor, até mesmo em quem não tem nada a ver com o peixe, como eu. Era uma carta de amor ardente ao tal Bruno B. de Laranjeiras. Numa letra toda arredondada e floreada, uma carta de amor ardente, cheia de erros de português, muito mal escrita e rememorando inúmeras safadagens. Meu isso, meu aquilo, dizia a carta, meu querido adorado, quero teus braços me enlaçando e tua boca me beijando todo, não aguento mais de saudade, quando eu acordo na companhia do coroa nojentinho, eu fico quase desesperado, te quero, te quero, o nosso plano vai dar certo e estou contando os dias para resolver tudo, meu amor, meu amor, quero deixar para trás este lugar horrível e este cachorro insuportável, pior só o dono, só vale a pena o sacrifício porque no fim vamos estar juntos para sempre, sempre, sempre, quase pego o celular para te falar e ouvir a tua voz junto de meu ouvido e só não peguei porque não posso dar bandeira. Com essas e outras palavras acabrunhantes, o punhal ia se cravando mais fundo no coração de seu Dagoberto, que se debulhou em lágrimas mais de uma hora, mas, já para o fim da tarde, foi ficando irado, foi ficando irado e, pouco antes de Augusto César voltar não se sabia de onde, já estava tomado por fortíssimo emputecimento e, se tivesse uma arma, acho que esperava essa volta de parabelo em punho e até já ia sair para procurar o sem-vergonha, quando ele apareceu na porta do prédio, com a camisa salpicada de sangue e um remendo na testa, outro no queixo e outro no nariz. E já chegou gritando contra Falafina e contando que tomara duzentos pontos no Miguel Couto porque tinha sido derrubado por aquele animal desqualificado e caído de cara na calçada.

No que — ai um Chico Pires nesta hora! — seu Dagoberto se levantou e passou nele a maior espinafração que alguém já ouviu talvez em toda a história do Leblon, de filho de uma mãe com vinte pais a canalha, patife, rebotalho, lixo humano, escória e borra, cocô e bosta, carneguento pestilento apostemado do caralhoplano e outros que só posso assim imaginar. Que ele se pirulitasse mais que depressa, antes de ser coberto de porrada, por cima das porradas que já tinha tomado na calçada. Daí em diante, eu sei tudo, porque Patrocínio não se aguentou, fingiu que tinha correspondência para entregar, foi até a porta do apartamento e escutou os demais procedimentos, os quais consistiram em mais uma vez ameaçar o indigitado, dizer que ele fosse descendo rapidinho para levar sua bagulhada embora e nunca mais aparecesse nas redondezas. Quando ele quis apelar para uma conversa mole e resistir à expulsão, Falafina entrou na discussão e exibiu a dentadura para ele como quem diz vou morder sua bunda agora, seu feladaputa. E dessa forma, com seu Dagoberto dando esporro e Falafina latindo fino mas não admitindo brincadeira, Augusto César se despediu para nunca mais voltar nem dar as caras, assim se desmascarando a sua desalmada infidelidade e seus planos criminosos de arrumar um jeito de tomar uma grana de seu Dagoberto em forma de presente de casamento e depois dar um chute nele, ou até pior.

Final feliz como no cinema, mas, bem visto, nem tanto. Se seu Dagoberto chorou primeiro por causa do casamento desfeito de maneira tão injuriosa e sem piedade, agora mais tinha que chorar de arrependimento pelo mal que tinha feito a Falafina e, cego de paixão, tinha deixado a ingratidão imperar. Comprou coleira nova e guia nova, comprou prato de comida novo, comprou sacos e mais sacos de gulodices para cachorros e passou a sair com ele todos os dias novamente, inclusive para comparecer nos chocolates da padaria. Logo tudo retornou a seu normal, Falafina voltou para a noite e continuou a apontar os bofes, seu Dagoberto nunca mais quis saber de casamento, nem de botar ninguém dentro de casa e achou que Falafina tinha perdoado tudo. Ocorre porém que ele não pensou que o cachorro não é cristão e, portanto, não tem a obrigação de perdoar. Bem conhecendo Falafina, nem Patrocínio nem eu achamos que ele perdoou seu Dagoberto, foi sofrimento demais. Nós acreditamos que, mais dia menos dia, ele vai se vingar. Nada de morder o dono ou essas coisas bobas, que até ferem a ética dos cachorros e somente cachorros delinquentes é que mordem os donos. Falafina vai ter uma vingança mais intelectual, à altura de um cachorro escolado como ele. Não sei o que é, mas, quando ele fica paradão por aqui, com jeito de quem está só bestando, eu olho para ele assim e tenho certeza de que ele está é raciocinando.

Sobre o autor

João Ubaldo Osório Pimentel Ribeiro, filho do advogado Manoel Ribeiro e de Maria Felipa Osório Pimentel, nasceu na ilha de Itaparica, na Bahia, no dia 23 de janeiro de 1941, e passou a infância em Aracaju, Sergipe, de cuja polícia seu pai foi chefe. Em 1951, mudou-se para Salvador e, em 1957, começou a trabalhar como repórter no *Jornal da Bahia*. Depois, empregou-se na *Tribuna da Bahia*, da qual foi editor-chefe. Em 1958, ingressou na Faculdade de Direito da Universidade Federal da Bahia. No ano seguinte, integrou a antologia *Panorama do conto baiano*, organizada por Nelson de Araújo e Vasconcelos Maia, com "Lugar e circunstância". Em 1964, obteve bolsa do governo norte-americano para cursar o mestrado em Ciência Política na Universidade da Califórnia do Sul. De volta ao Brasil, em 1965, passou a lecionar na UFBA e, seis anos mais tarde, deixou seu cargo universitário para retornar ao jornalismo.

Com o estímulo do cineasta Glauber Rocha, iniciou sua carreira literária em 1968, lançando *Setembro não tem sentido*. Nos anos seguintes, publicou obras como *Sargento Getúlio* (1971), romance adaptado ao cinema em 1983, e *Viva o povo brasileiro* (1984), pelo qual recebeu o Prêmio Jabuti. Em 1983, estreou na literatura infantojuvenil com *Vida e paixão de Pandonar, o Cruel*, gênero ao qual retornaria em 1990, com *A vingança de Charles Tiburone*. Ainda em 1990, a convite da Deutscher Akademischer Austauschdienst, residiu por um ano em Berlim, onde escreveu crônicas semanais no jornal *Frankfurter Rundschau*, além de produzir peças radiofônicas. *O sorriso do lagarto*, publicado em 1989, foi ao ar como minissérie pela TV Globo em 1991 — ano de seu regresso ao Brasil. Em 1993, adaptou para a mesma emissora o conto "O santo que não acreditava em Deus". Em 1999, lançou *A casa dos Budas ditosos*, na Plenos Pecados, coleção publicada pela Editora Objetiva.

Autor de dez romances, dois livros de contos, seis de crônicas, um de ensaio e três infantojuvenis, recebeu importantes prêmios literários, entre eles o Camões, o maior reconhecimento a um autor de língua portuguesa. Traduziu para o inglês dois de seus livros, *Sargento Getúlio* e *Viva o povo brasileiro*. Foi também cronista dos jornais *O Globo* e *O Estado de S. Paulo*, e membro da Academia Brasileira de Letras. Faleceu em julho de 2014, aos 73 anos.

Este livro foi impresso
pela Geográfica para a
Editora Objetiva em
novembro de 2014.